開心童詩農場

HAPPY

童詩創作演練

黃宏文、黃宏仁／著

推薦序

國立中興大學台灣文學與跨國文化研究所所長　廖振富教授

讀詩、品詩、寫詩，不分男女老幼，是想像、創意、智慧、經驗與個人生命情調的激盪，也是一趟讓人嘖嘖稱奇的旅行，從中我們可以活絡思路神經，見識超乎想像的風景，發現創作的樂趣及靈感來源，化生命中一切的不可能為可能，從而領略人生的豐盈與美麗姿彩。

然而，愛詩跟寫詩，欣賞與創作，二者仍有一定的差距，喜歡某首詩往往是因為它觸動我們心靈深處，召喚起美善的感動，引起我們強烈的情感共鳴，使我們沈浸其中，低迴再三。但是當我們的角色轉換成寫詩者，卻可能突然感到動彈不得、不知所措了；相信很多實際嘗試過寫詩的人，對此都能心有戚戚。

學校教育基本上涉及「教什麼」和「如何教」兩個主要課題；前者就是所謂的「課程」，而後者則為「教學」。不論課程或教學，如何從繁複的元素、題材中，去蕪存菁，取其合適者，編成簡明易懂的教材，考驗為人師者的創思。詩要寫得好，靠的不是寫作量的多寡，而是「能力」，也是「創意」，具體而言，則包含詩的主旨、題材、語法、修辭、章法、風格、經驗、閱讀等不同層面，而其中任何一種「能力」，都可藉由不同的方式或教材予以培養、訓練。

《開心童詩農場》這本著作，是為寫作者和教學者安排設計的，可使讀者在「欣賞」與「寫作」有所獲益。書中「可愛」、「簡單」、「適切」的內容，足見兩位於國小任教的作者，對教學與學生需求的重視及其所下的工夫。

作者之一的黃宏文老師是我在中興大學台文所任教的碩士班門生，這本書，反映他對推廣台灣兒童文學及語文教育的關注與熱情。作為師長，對於學生出色的表現感到欣喜，除以此序表達祝賀之意，並期勉他在教學與研究上，都能持續勇猛精進，以更臻善境，造福人群。

2012年3月3日

推薦序

國立臺中教育大學語文教育學系　楊裕貿教授

「工欲善其事，必先利其器」。莘莘學子面對課業的多元轉變，常致無暇多讀多寫。因此，如何在有限的學習時間內，提升讀寫能力，尤需講求學習的策略與技巧。

本書作者宏文老師，在國民小學任教多年，具豐厚的班級教學實務經驗，深刻瞭解學生寫作學習及訓練上的需求，是以編寫主題式童詩寫作技法引導乙書，透過循序漸進的引導，可以協助學生逐步掌握童詩的內涵，及發展良好的寫作技能。全書內容編寫豐富，包括以下單元：

一、基礎說明：介紹童詩的意義、條件、結構、標點、外形、用韻等。

二、修辭法說明：以適當的詩例，針對其中運用修辭技巧的部分進行深入淺出的說明與分析。

三、訓練法說明：針對童詩的續寫、仿寫、縮寫、擴寫等寫作方式，做出實用、簡易的介紹。

四、範例：由教師根據解說上的需要，挑選合適的詩例，協助讀者理解。

五、解析：針對詩例的重點特色，做簡明易懂的解說。

詩歌寫作看似簡單，卻也隱含章法與技巧，不能像脫韁野馬一樣，恣意奔走。寫一首好詩，需要想像、邏輯、推理、組織、創思等能力，以蒐集準備料理的素材，並加入童真與童趣為佐料，巧妙融合，才能端出一盤吸引讀者目光的童詩好菜。

培養良好的寫詩技巧和能力固然無法一蹴可幾，但透過優良教材的示範、老師的適切引導，則可達有效的學習成果。本書作者為本人在臺中教育大學作文師資培訓班課程的學生，今日欣見其在語文教育領域的深耕有成，特撰寫推薦序，希冀本書可以協助教師教學上的需求，同時協助與提升中、小學生賞詩及寫詩的能力。

作者序

當前我國九年一貫國小國語文領域課程的基本理念，主要在培養學生正確理解和靈活應用本國語言文字的能力，使學生具備良好的聽、說、讀、寫等基本能力，並能適切地使用語文表情達意、陶冶性情、啟發心智和解決問題，也促使其豐富生活經驗和挑戰瞬息萬變的全球化浪潮。學理上，要培養國小學童具備良好的寫作能力，則有賴提升注音符號應用、聆聽、說話、識字、寫字、閱讀等幾項能力的學習。

本書的寫作動機係因作者本身任教於國民小學，深深感受到現今學生明顯缺乏廣泛閱讀的興趣以及欣賞、創作文學作品的能力，也經常在學校教室裡傾聽學生表示「擠」不出文章的苦惱和無奈，遂興起書寫如何引領國小學童逐步掌握寫作要領和建立寫作信心的工具書的意念，經過多方整理和努力思考，鎖定語文世界裡的美麗瑰寶——童詩，作為筆者出版的初作，希望透過這本童詩寫作工具書的問世，有裨於增進讀者國語文教學或學習的廣度和深度。

「童詩」是最天真可愛又簡潔有力的語言，其繽紛多采的內容與型態每每讓人不禁發自內心的莞爾一笑！透過自由無拘束地欣賞和寫作童詩，不僅可以幫助學童表達內心情感，豐富創意靈感與紀錄生活中的各式美感經驗，跳脫現實世界裡日復一日、平凡無奇的呆板思維，更難得的是，可以激起學子們主動提筆創作的興趣與熱忱，並且拓展無邊無境的想像力和文字表達能力。閱讀本書，可以充分瞭解有關童詩的教學及寫作訓練上的基礎知識，不像寫作文，一定得先認識諸多文詞語彙、結構套路並且廣記名言錦句方能言之有物、運筆自如。只要參考、理解本書的各篇章的「心法」並加以實際練習，即能在童詩的領域，迅速入門與上手，現在就讓聰明的你，跟著本書的步伐一起遨遊、徜徉於童詩的美麗天地吧！最後，衷心祝福各位讀者成功成為童詩寫作的能手，發揮巧思與創意，揮灑絢麗的文采，為自己也為這世界，留下動人的文字足跡！

本作得以付梓問世，特別感激秀威資訊公司慷予出版，編輯部千惠小姐的耐心及用心，還有林煥彰、張水金、林武憲、謝武彰、張春榮、黃基博、洪志明老師惠允引用其作，國立臺北教育大學張春榮教授、國立中興大學廖振富教授、國立臺中教育大學彭雅玲教授及楊裕貿教授的悉心指導，及筆者可愛的學生們，涓滴情意，銘感心頭，特此一併致謝。

黃宏文、黃宏仁謹識

二〇一二年三月十三日於桃城

目次

靈活篇

應用篇

歡迎你來到開心童詩農場，

我們將帶領你參觀神秘、可愛又美麗的

童詩天地。

在這趟旅程中，

你的所見所聞都會是美好的。

BABC

探索篇

給小朋友的話

小朋友，你寫過童詩嗎？對童詩的認識有多少？古代的軍事家曾說：「用兵之要，必先察敵情。」意思是說打仗必須先瞭解敵人再做行動。雖然寫詩不是打仗，但要想寫一首好詩，如果能在寫作之前能對童詩有正確的基礎認識，下筆的時候，一定更得心應手。不要怕難，讓我們先來好好認識一下童詩這位可愛的朋友，在這個過程當中，就好比在廣闊的大海裡尋寶一樣，會是非常有趣，充滿驚奇的旅程喔！

給家長和老師的話

不少老師和家長，在指導孩子寫童詩的時候，往往苦於不知從何處下手？本書願為您做嚮導，提供您解決這方面疑慮的門徑。〈探索篇〉旨在為童詩的內涵、組成、標點、外形、押韻以及相關注意事項做簡要的說明，期使孩子對童詩建立初步的正確認知。不管您是要指導學生寫童詩，或是陪孩子讀這本書，這些內容都是很好的材料。每個孩子存在著個別差異，對於童詩，可能存在著各種不同的問題或盲點。您可以挑選適合或需要的部分，來為您的寶貝做指導。

主題（一）：初識童詩

農場小導遊

許多小朋友一聽到「作文」這怪獸的名字，就搖頭嘆氣、唉聲連連。至於提到寫「童詩」，更是問號滿天飛。很多小朋友心中的疑問是：

「什麼是童詩啊？要怎麼寫呢？」

甚至有的小朋友會垂頭喪氣地說：「我連作文都寫不好了，哪裡能寫出好詩啊！」

其實，寫作，是可以從讀詩、寫詩開始的，只要花點心思去學習和思考，不管是誰，都可以寫出很棒的作品。有很多低年級的小朋友，就寫出很棒的詩來。當時就讀宣信國小二年級的李佳諭小朋友就寫出了以下這首小詩：

海

宣信國小・李佳諭

海是一個溫柔的女生
可是當她生起氣來
就會把大地弄得一片混亂

短短的二十多字，就把她內心對大海的想法寫出來，讀起來相當有趣、好玩。

聽到「兒童詩」這個詞兒，小朋友一定會問，另外有沒有「大人詩」呢？其實，不管作者是大人，或是小孩，只要寫出來的是適合兒童欣賞的詩，就是兒童詩。

簡單來說，兒童詩的「內容」必須符合兒童興趣和特質，具有簡單易懂的語言，以及自然、精巧的「形式」，是一種用來表達內心情感或是分享生活的文學作品。

讀到這裡，你已向童詩這位可愛的朋友說聲「Hello」。至於他到底是怎樣的一位朋友，就看你如何和它相處了，如果你喜歡他，多親近他，他一樣會喜歡你；如果你疏遠他，漠不關心，你不但無法和他成為好朋友，還可能會互相討厭哩！

俗話不是說：「多一位朋友，就少一位敵人」。和童詩成為好朋友，何樂而不為呢？

詩可以使你豐富情感、培養創意、變化氣質、敏銳思路、滋養身心，世界更繽紛，人生更美麗。只要你肯認真學習童詩、勤練寫詩，寫詩的能力一定會有所進步，想像力也可因而更加敏銳、豐富。何況還有上面所說的那麼多好處，不都是童詩這位朋友給予你的最佳回饋嗎？

農場裡的Q&A

Q：童詩的作者一定是小孩子嗎？

A：不是的。兒童詩的作者包括大人和小孩。

Q：寫童詩，一定要先有題目才能開始寫嗎？

A：不是的。創作一首詩，有的先從主題入手，再找材料；有的先從材料入手，再訂出適合的主題。

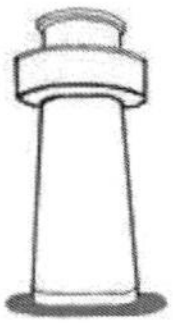

農場瞭望臺

童詩的「內容」，是指詩中的主題和材料（題材）。主題代表作品的中心思想；材料是用來表現主題。創作一首詩，有的先從主題入手，再找材料；有的先從材料入手，再訂出適合的主題。要想寫出一首好詩，主題和材料，必須配合得很好。

訂立主題 → 尋思材料 → 開始創作

或

尋思材料 → 完成創作 → 訂立主題

童詩的「形式」，有很多種，但沒有一定。寫詩時必須根據內容來決定形式。童詩的形式非常自由，應在建立內容之後，再來考慮形式的安排，也就是內容為先，形式為後。

農場小辭典

垂頭喪氣：形容沮喪、洩氣的樣子。

例句：看小華垂頭喪氣的樣子，就知道他一定是昨天考試沒考好。

繽紛：繁盛而雜亂的樣子，或是形容顏色多彩。

例句：花園裡，各式各樣的花朵色彩繽紛，美麗極了！

農場創意秀

小朋友，寫童詩，就好像在建造一座農場一樣，你一定需要很多的材料，例如：房舍、土地、動物、農作物、農夫、管理員或遊客……等等，請仔細想想看，你心目中理想的農場，到底長什麼樣子呢？請試著把它畫出來，並為它塗上你心中喜愛的色彩，向大家做分享與介紹吧！

畫出你心目中理想的農場喔！

主題（二）：三言兩語也是詩

農場小導遊

小朋友，寫童詩並不需要長篇大論、錯綜複雜，事實上，只要有內容，並且能帶給人感動，哪怕是短短的三兩句，就是一首精緻的小詩。

例如柳思吟小朋友寫的一首三行的短詩「酒」。她說：

酒

宣信國小・柳思吟

她的味道
抓住爸爸的手
伸向錢包

多麼有趣的一首短詩！酒居然用香味抓住爸爸的手伸向錢包，意思是說，酒的香味引誘了爸爸伸手掏錢購買。整首詩不過短短的三句而已。

短詩只有短短幾行或是兩三節而已，長詩則有好幾行，好幾節甚至好幾章。童詩的基本組成單位，由小到大有行、節、章、篇，小朋友剛開始學童詩，只需要認識「行」、「節」

▶圖／林森國小 陳怡瑄

這兩種元素即可。「行」是詩句排列的最小單位，「節」是由行所構成，節與節之間，通常用空行隔開。

一般詩的內容布局，有「分節」與「不分節」兩種，分別如左邊兩首詩所示。《橡皮擦》全詩有六行；《地球穿衣》全詩詩句有十二行，但分為二節，節與節之間是用空行來間隔。

橡皮擦

作者待考

一元的橡皮擦，
可以擦掉鉛筆寫的字；
五元的橡皮擦，
可以擦掉原子筆寫的字；
不知多少錢的橡皮擦，
可以擦掉我做錯的事？

地球穿衣

林森國小・陳培輝

地球溫度年年升高
就像穿上了層層外衣
汽車快速行駛
排出裊裊黑煙
機車往來穿梭
放出團團廢氣

四季氣候怪異變化
地球穿上雨衣
再從雨衣換成薄外套
又從薄外套換成毛大衣
難道
他不熱嗎？

▲ 圖／林森國小　楊上瑩

小朋友，現在的你能否指出詩的「行」、「節」各是什麼？

農場裡的Q＆A

Q：童詩的內容一定要長篇大論、錯綜複雜，才能顯示出詩的學問與深度？

A：寫童詩不必過於冗長、複雜，事實上，只要有內容，並且能帶給人感動，哪怕是短短的三、四句，就是一首精緻的小詩。

農場瞭望臺

童詩的「內容」，是指詩中的主題和材料（題材），不但重要，而且往往不是三言兩語就能表達的。有些小朋友可能會認為，要創作一首詩既然沒有字數、行數上的限制，那簡單寫個兩、三句就好了呀！為何還要想個老半天，甚至是寫多一點呢？

其實，要寫出一首好詩，文字過少或是內容過於單薄、貧乏，往往很難具體傳達我們內心微妙的情感或感動。因此，我們在寫詩的過程中，不必刻意去考慮字數、句數多寡的問題，但也不可故意偷懶，應該順著自己的本心，認真思考，讓靈感自由發揮，不要有太多的拘束，相信會有意想不到的結果哩！

農場小辭典

長篇大論：滔滔不絕的言論或篇幅極長的文章。

例句：她寫的作文長篇大論，但不見得就一定是好文章。

錯綜複雜：交錯綜合在一起。形容情況複雜。

例句：媽媽每晚看的電視連續劇，劇情十分錯綜複雜。

show time

農場創意秀

剛剛我們讀過陳培輝小朋友〈地球穿衣〉這首詩，詩的內容是描述地球溫度上升，就好像穿上一件一件的外衣一樣，為什麼近年來地球不斷升溫呢？原來是因為人類排放過多的溫室氣體，造成地球本身的排熱功能大減，因而造成全球暖化的現象。請你想想看，我們居住的地球，還面臨哪些問題呢？原因是什麼？請根據自己的感受和觀察，動筆寫下來。

地球面臨的問題有：

原因：

▲ 圖／林森國小　蔡宛辰

主題（三）：標點「飆」起來

農場小導遊

童詩使用標點有三種常見的情形：

一、從頭標到尾。

二、只在行中不得不標時才用。

三、從頭到尾都不標。

雖然可以從頭到尾都不使用標點，但在不標點會影響閱讀時，最好還是加上標點。有時候，在詩句中，我們甚至可以用空格來代替標點，空格有時候是為了表示停頓、加強語氣、改變節奏、整齊句式。在詩中使用標點，跟一般文章中的情況不完全相同，詩歌中的標點，不但擁有一般標點的用途，有時候還有弦外之音喔！瞧瞧下面這首詩：

釣魚

林武憲

魚，很快樂。
在水裡。唱歌。
在水裡。捉迷藏。
在水裡。吹泡泡兒。
。。。。。。。。。

把魚釣起來
釣魚的人很快樂
他不知道
水裡有魚的眼淚……

▲ 圖／林森國小　陳怡瑄

你注意到了嗎？林武憲老師這首裡第一節的節尾，出現許多句號，這在一般正式的文章寫作中是不被允許的，可是在詩裡面，卻是作者用來表示魚兒快樂時吹出的氣泡。第二節的最後，出現了類似刪節號的黑點，你可以把它們想像成魚兒被釣起時，落下來的眼淚。從這首詩中，不難看出，童詩的標點運用相當自由，標點可以是作者巧意的安排，暗藏玄妙，留給讀者許多想像空間。

農場裡的Q＆A

Q：童詩使用標點有哪幾種情況？

⑴從頭標到尾。⑵只在行中不得不標時才用。⑶從頭到尾都不標。⑷以上皆是。

A：答案是⑷。童詩使用標點有三種常見的情形：⑴從頭標到尾。⑵只在行中不得不標時才用。⑶從頭到尾都不標。

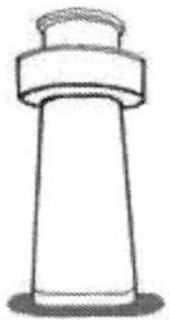

農場瞭望臺

小朋友，你對於各種標點符號的用法瞭解有多少呢？如果不是很熟悉的話，沒關係，以下將提供你認識標點符號簡單又實用的情報！平常最好能加以熟悉，若是有疑惑的時候，不妨把本書這個章節翻開來溫習一下，說不定會有豁然開朗的感覺，是不是很棒呢？

一、逗點【，】

用法：標示句子語氣的停頓，是最常用的標點符號。

例句⑴：大雄喜歡吃冰淇淋，也喜歡吃銅鑼燒。

例句⑵：她深深體會到，人必須努力才會成功。

二、頓號【、】

用法：用於分開並列連續使用的語詞，或標示條列次序的文字之後。是

語氣上最短暫停頓的符號。

例句⑴：這籃子裡的水果有西瓜、香蕉、柳丁、蕃茄。

例句⑵：香菸、檳榔、烈酒，是傷害人體健康的東西。

三、句號【。】

用法：表示一個意思的完結，用於語氣結束的句末。

例句⑴：黃大偉是一個品學兼優的好學生。

例句⑵：我們的目標是建立一個安和樂利的社會，好讓百姓們都能安居樂業。

四、分號【；】

用法：標示對筆或平列的分句所使用的符號，通常會使得點號上、下兩部分的句子具有對比、轉折、因果的效果。

例句⑴：小狗是哺乳類，不是爬蟲類；蜥蜴是爬蟲類，不是哺乳類。

例句⑵：孫中山先生說：「聰明才智愈大者，應服千萬人之務，造千萬人之福；聰明才智略小者，當服十百人之務，造十百人之福。」

五、冒號【：】

用法：標示結束上文或進入下文，或是提出例證、對話、引語。

例句⑴：俗話說：「一年之計在於春，一日之計在於晨。」

例句⑵：小朋友遇到問題時，可以解決的辦法不少，例如：請教師長、查閱書籍等。

六、問號【？】

用法：標示疑問語氣的符號。

例句⑴：恐龍的種類有很多，阿鈞能說出幾種呢？

例句⑵：小朋友遇到問題時，可以解決的辦法不少，例如：請教師長、查閱書籍等。

七、驚嘆號【！】

用法：表示驚奇或感嘆語氣，有時也用於加強語氣。

例句⑴：那棟廢棄的屋子一到晚上就顯得陰森森的，可怕極了！

例句⑵：偉豪只差一秒就能打破紀錄了，真是可惜啊！

八、破折號【——】

用法：用於語意的轉變、聲音的延續，或是為補充說明用。在作文稿紙上，通常佔兩格的空間。

例句⑴：嗡——嗡——嗡，蚊子發出的聲音真是擾人清夢。

例句⑵：圍著餐桌，全家一起吃團圓飯——這已經是三年前的事情了。

九、引號：又分為單引號「」，以及雙引號『』。

用法：用來標示說話、引語或強調的詞語。必須特別注意，引號分為「單引號」和「雙引號」，先用單引號，如有需要，單引號內再用雙引號。

例句(1)：我問小姿：「妳吃飽了沒？」小姿說：「我吃飽了。」

例句(2)：老師說：「大家要記住『有志者，事竟成』這個道理。」

十、書名號：又分為﹏﹏，以及《》、〈〉。必須特別注意，《》用於標示書名，〈〉用於標示篇名。

用法：用來標示書名、篇名、文件名、影劇名、歌曲名，或其他藝術作品名等。

例句(1)：小說哈利波特，也可記作《哈利波特》。

例句(2)：報紙蘋果日報，也可記作《蘋果日報》。

例句⑶：三國演義中的一篇——桃園三結義，也可記作〈桃園三結義〉。

例句⑷：世界名曲野玫瑰，也可記作〈野玫瑰〉。

十一、夾注號：有兩種表示方法，一是（　），二則是——　——。

用法：用於補充說明或是注釋用。必須區分的是，破折號是單條線——，夾注號是用兩條破折號——　——，放在說明文字的前後。

例句⑴：關羽，字雲長，東漢末年河東解縣（今山西省運城市）人。

例句⑵：這道菜，不論是誰來品嚐，都讓人——特別是身處外地的遊子——有種溫暖。

十二、刪節號【……】

用法：表示語氣未完、省略原文，或是表示語句斷斷續續。在作文稿紙上，通常佔兩格的空間。

例句(1)：照這樣下去，不但功課寫不完，明天的考試恐怕也……

例句(2)：像才華啦、幽默啦、愛心啦……都無法讓阿宏吸引小美。

十三、專名號【——】

用法：用於標示人名、國名、朝代名、地名、種族名、單位名等。

例句(1)：李白是唐朝很有名的一位詩人。

例句(2)：阿美族有許多勇健的運動好手。

例句(3)：東京大學是日本最好的大學。

十四、間隔號【．】

用法：用於書名號與篇章、卷名之間，套書與單本書名之間，以及原住民、外國人姓名之間。

例句(1)：《史記．項羽本紀》

例句(2)：《臺灣文學集．陳千武集》

例句⑶：瓦歷斯・諾幹

例句⑷：馬克・吐溫

十五、連接號：一般記法有兩種，第一種是 — ，第二種是 ～ 。

用法：用於連接時間、地點或數字的起迄。

例句⑴：今天老師要上課的範圍是這本書第50—60頁。

例句⑵：搭火車，嘉義～台中不用兩個小時。

農場小辭典

弦外之音：事物含有另外的意義，比喻言外之意。

例句：那位政治人物話中有話，似乎有弦外之音。

暗藏玄機：暗中隱藏高深、玄妙的涵義、機關。

例句：這看似簡單的原理，但其中卻是暗藏玄機。

show time

農場創意秀

小朋友，前面我們讀過林武憲老師所寫的〈釣魚〉，請發揮你的想像力和創造力，把一首你喜歡的詩，剪貼或抄寫在下面的框框裡，並且照自己的意思來改變它的標點，如果那首詩沒有標點，你可以為它加上適合的標點，看看能不能玩出一些新意來。不然，自己試著創作一首詩，並為它安排適當的標點符號。但可別忘了，把你標點的理由說明給大家知道喲！

理由是：

主題（四）：外形大變身

農場小導遊

小朋友，也許你曾讀過不少童詩，想請問你，它們的外形是不是都一樣呢？其實，童詩有很多種外形，根據外形的排列方式，一般把童詩分為「分行詩」和「圖象詩」兩大類。

「分行詩」：詩句分行排列，至於分節或不分節都是可以的。

「圖象詩」：凡是以詩行的排列來模仿或展示事物的外形、動作、現象，都可稱為圖象詩。

先讓我們瞧一瞧黃基博老師的這首圖象詩吧！

山

黃基博

山啊
雄偉高大
像一個大男人
狂風吹你不動搖
滂沱大雨淋你不感冒
烈日曬你不頭暈
為何我像你
堅強挺立
不被人
嘲笑

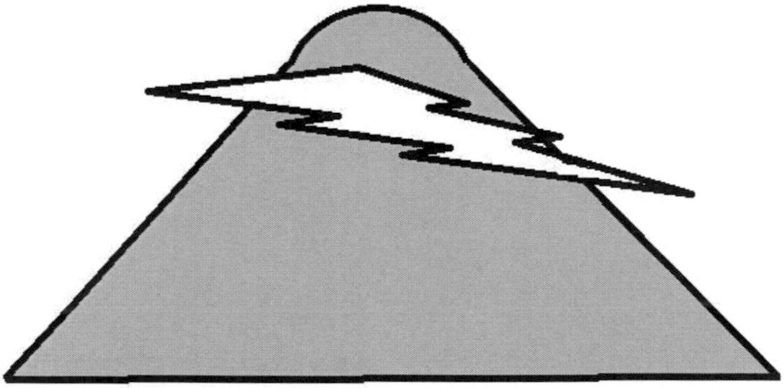

▲圖／黃宏仁

小朋友，你有沒有發現，這首詩的形狀就像是一座山，這真是太神奇了！作者在詩的外形設計上，排出山的模樣，不但呼應主題，更增加了詩的趣味和吸引力。這正是圖象詩的妙處啊！

至於，小朋友創作的圖像詩，也很有趣！讓我們來瞧瞧以下這首詩吧！

◀ 圖／黃宏仁

海浪

篤行國小・吳沛霓

海浪是畫家，
　畫出不同的顏色。
海浪是歌手，
　唱著奇妙的曲子。
海浪是舞蹈家，
　跳出高低的舞步。

海浪是流浪漢，
不知要往哪裡去？

看出什麼了嗎？原來吳沛霓小朋友利用詩句位置的高低起伏，看起來就好像真有海浪的視覺效果一般，真是聰明、有創意的寫法哩！

除了圖象詩之外，這兒還要介紹幾種常見的詩形，你可要好好認得，以後在寫詩的時候，就可以替自己的作品設計合適的外形囉！現在，就讓書本為你邊說明邊舉例，請仔細瞧下去！

一、「等高」形：又叫作「均齊」形，這種外形的詩，不但每節有固定的行數，而且每行又有固定的字數。

例子：

相機

篤行國小・林若芷

相機是鏡子
照映出昨天
照映出前天
照映出以前
照映出過去
照不到未來

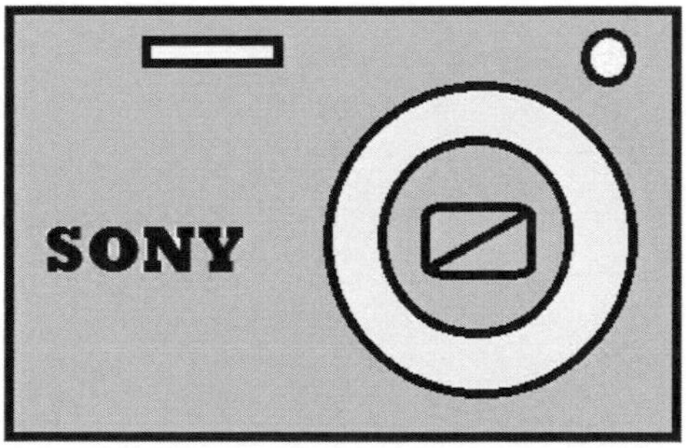

◀圖／黃宏仁

二、「平頭」形：每一行詩的第一個字都互相平齊，就好像理著平頭的男士一樣。

例子：

蝴蝶和花

林煥彰

蝴蝶是會飛的
花，花是
不會飛的蝴蝶。

花是不會飛的
蝴蝶，蝴蝶是
會飛的花。

蝴蝶是花，
花也是蝴蝶。

▲ 圖／林森國小　王麻衣

三、「扁平足」形：又叫作「齊足」形，每一行詩句的最後一字平齊。

例子：

小窗的思念

張水金

七層、八層、九層的灰色大樓
把矮小的
紅色瓦屋
一層又一層緊緊的團團的圍住
小瓦屋的小窗

再也看不見圓圓的藍天
　　天天仰望
被擠成一條線的藍帶
　　想念著
愛談天愛眨眼睛的小星星
　　想念著
笑起來又甜又美的月亮
　　想念著
溫暖又明亮的大太陽

◀ 圖／林森國小　陳怡瑄

四、「階梯」形：詩的外形排列得像階梯的起伏。

例子：

上學

黃宏文

國小的時候
媽媽帶我去上學
國中的時候
媽媽逼我去上學
高中的時候
媽媽求我去上學

大學的時候
媽媽怎都不叫我去上學？

▼ 圖／林森國小　楊上瑩

五、「對稱」形：這種外形的詩，主要詩句反覆出現，次要的詩句用來補充說明或是襯托主要詩句，講究整齊中求變化。

例子：

時間

黃宏仁

到底是誰？
把孩童的身體，
滴滴點點慢慢變大。
到底是誰？

▼ 圖／林森國小　王麻衣

把少女的青春，
滴滴點點慢慢帶走。

到底是誰？
把人們的生命，
滴滴點點慢慢吞噬。

六、「隨意」形：又叫做「參差」形，這種外形的詩，行數和字數都參差不齊，大部分的童詩都屬於這一類。

例子：

蛋

國小學童・胡安妮

這皮球不圓嘛！
也可以滾吧。
啊！
破了！
哈哈！
太陽
流出來了。

▼ 圖／林森國小　陳廷維

小朋友，欣賞了這麼多首不同外形的詩，想想看，以前你讀過的詩，是屬於前面哪一種外形呢？自己比較喜歡哪一種呢？如果你正要開始動手寫詩，不妨動動腦筋，為自己的作品設計一套可愛又美麗的外形。

農場裡的Q＆A

Q：童詩的形式是非常固定的，不能做些變化嗎？

A：童詩有很多種外形，並沒有非常固定的形式，可以依造主題來加以安排、設計，試著帶給人們更多驚奇和感動。

農場瞭望臺

前面我們看過所謂的「圖象詩」，就是透過文字、句子的排列，拼湊出符合心中概念、實際景物或文字的形狀，所呈現出來的詩文。像是前面我們看過黃基博老師的〈山〉，乃是根據山的形狀，創作出來的。

我們可以想想看，還可以怎樣排列出有趣的圖象詩呢？只要能夠動動腦筋，多點想像，相信每個孩子都可以創作出很特別的詩！

例子：

心

篤行國小・何政宗

心　　　　心
心　心　心　心
心　　　心　　　心
心　　　　　　　　心
心　　　　　　　　心
心　　　　　　心
心　　　　心
心　　心
心　心
心

▼ 圖／黃宏仁

真是好可愛呀！這首簡單的詩，是不是很像「心」的形狀呢？你是否也有想到什麼有趣的表達方式呢？

農場小辭典

弦外之音：事物含有另外的意義，比喻言外之意。

例句：那位政治人物話中有話，似乎有弦外之音。

暗藏玄機：暗中隱藏高深、玄妙的涵義、機關。

例句：這看似簡單的原理，但其中卻是暗藏玄機。

參差：讀作ㄘㄣ ㄘ，形容雜亂不整齊的樣子。

例句：在各大賣場中，這項商品的價格參差不齊。

show time

農場創意秀

亨利先生是一位勤勞的農夫，他夢想打造一座美麗的農場。俗話說：「佛要金裝，人要衣裝。」小朋友，請你為亨利先生的穿著，精心彩繪出合適的色彩，讓他即使是忙於農事，看起也顯得更加體面、帥氣！

主題（五）：美妙韻律操

農場小導遊

小朋友，在你讀詩的過程中，是不是常常可以感覺到詩中舞動著一股節奏、韻律呢？並且使你隨著這股迴旋反覆的節奏產生情緒的起伏，有時候是感到活潑、歡樂；有時候則是感到哀愁、難過。為什麼會這樣呢？原因是作者偷偷地在詩句的「韻」上動了手腳。

事實上，童詩不必一定要押韻。但是多數的詩人都很講究音韻，因為「韻」能加強詩的節奏，而且能幫助作品把讀者帶到詩人的內心世界，體會詩人的情感與想法。此外，詩有了音韻之後，讀起來更加和諧、通暢，更容易記住。

說到這兒，你一定會問，什麼是押韻呢？請記住，按照一定的規則，在詩句的句尾使用相同韻的字，使聲韻和諧，就是押韻。

至於童詩如何押韻，現在就為你介紹以下幾種童詩中常見的押韻方式：

（一）連續韻：又稱「連句韻」，每一個詩句都押相同的韻，可以說是「一韻到底」。

例子：

爺爺的煙斗

篤行國小・吳孟修

爺爺在半空中　（ㄥ）
有座會冒煙的煙囪　（ㄥ）
排出的煙厚厚濃濃　（ㄥ）
令我咳嗽又臉紅　（ㄥ）

▶圖／林森國小　陳雲騰

這首詩，每一行都押相同的「ㄥ」韻，屬於「連句韻」。

（二）間隔韻：又稱「隔句韻」，兩個押韻的詩句中間隔一句不押韻的詩句。

例子：

月姊姊和星妹妹

篤行國小・林宗生

愛夜遊的月姊姊來了，（ㄜ）
和星妹妹們嬉鬧，（ㄠ）
只要有好天氣，（ㄧ）
她們就玩整夜不睡覺。（ㄠ）

▶ 圖／林森國小　王柏翰

這首詩押「ㄠ」韻的次數最多，所以全詩歸屬於押「ㄠ」韻。由於押韻的詩句間有一句不押韻的詩句作為間隔，因此屬於「隔句韻」。

（三）奇偶韻：又稱「交錯韻」，奇數行與奇數行相互押韻，偶數行跟偶數行相互押韻。

例子：

車站

黃宏仁

她在熱鬧的地點，（ㄢ）
以巨大的胸懷，（ㄞ）

▼圖／林森國小　楊上瑩、楊上儀

擁抱人群、車潮和商販，（ㄢ）
有股慈母般的愛，（ㄞ）
溫暖歸鄉遊子的心坎。（ㄢ）

這首詩押「ㄢ」韻的次數最多，所以全詩歸屬於押「ㄢ」韻。由於第一、三、五句押相同的「ㄢ」韻，第二、四押的韻押相同「ㄞ」韻；奇數行與奇數行相互押韻，偶數行跟偶數行相互押韻，因此屬於「交錯韻」。

（四）自由韻：又稱「隨意韻」，詩中雖然有押韻，但作者卻任意的轉韻或換韻，用韻顯得十分自由。

例子：

小草妹妹

篤行國小・洪敏瑛

可愛的小草妹妹，（ㄟ）
最愛做做韻律操。（ㄠ）
柔軟的身體，（ㄧ）
纖細的腰，（ㄠ）
左搖搖，（ㄠ）
右擺擺，（ㄞ）
發現我在看她，（ㄚ）
還會害羞的，（ㄜ）
垂著頭。（ㄡ）

▼ 圖／林森國小　陳培輝

這首詩主要是押「ㄠ」韻，但是ㄠ韻的出現並不規律；此外，還出現了「ㄟ」、「ㄧ」、「ㄞ」、「ㄚ」、「ㄜ」、「ㄡ」等韻腳，用韻隨著作者的興致或情意而沒有一定的規則，因此它屬於「自由韻」。

雖然押韻的形式有很多種，但是童詩的用韻基本上是自由的。因此，小朋友剛開始學童詩，不必刻意去考慮押韻的問題，請大刀闊斧的動筆吧！

農場裡的Q&A

Q：童詩一定要押韻嗎？

A：不必非押韻不可。但因為「韻」能加強詩的節奏，而且能把讀者引進詩人的內心世界，體會詩人的情感與想法。另外，詩有了音韻之後，讀起來更加和諧、通暢，更有助於讀者記誦。

農場瞭望臺

不只是現代詩、兒童詩的作者才會考慮押韻的問題，古代的「古體詩」和「近體詩」都有講究用韻的現象，其中近體詩的「律詩」和「絕句」，更是大家最常接觸的。說到這邊，很多小朋友可能又陷入「老虎、老鼠，傻傻分不清楚」的苦惱了！先別想的那麼複雜，現在讓我們看看以下大家熟悉的例子，或許就會豁然開朗囉！

「絕句」押韻的例子：

靜夜思

唐・李白

床前明月光，
疑是地上霜。
舉頭望明月，
低頭思故鄉。

「律詩」押韻的例子：

▼ 圖／黃宏仁

蜀相

唐・杜甫

丞相祠堂何處尋？錦官城外柏森森。
映階碧草自春色，隔葉黃鸝空好音。
三顧頻煩天下計，兩朝開濟老臣心。
出師未捷身先死，長使英雄淚滿襟。

仔細瞧瞧，這兩首詩，是不是都有押韻呢？所以，不只是現代詩、兒童詩，古人寫詩也是在用韻方面下足苦心的呢！

農場小辭典

大刀闊斧：比喻做事果決，很有魄力。

例句：新上任的警長，大刀闊斧的打擊犯罪，因此地方的治安變得更好了。

豁然開朗：形容了解、領悟。

例句：這題困難的數學題，經過老師的反覆解說，志偉終於豁然開朗，懂得如何演算。

農場創意秀

在這單元，小朋友認識了童詩押韻的方式，為了訓練你對韻的敏感度與熟悉感，接下來，讓我們一起嘗試用「韻」來玩四字語詞接龍的遊戲吧。

範例：

弦外之音（ㄣ）↓恩（ㄣ）重如山（ㄢ）↓翻（ㄢ）山越嶺（ㄥ）↓頂（ㄥ）天立地（ㄧ）↓批（ㄧ）頭散髮（ㄚ）↓拔（ㄚ）得頭籌（ㄡ）↓……。

小試身手：

小朋友，依照範例的方式，試著寫出十組來。

拔得頭籌（ㄡ）↓（　　）↓（　　）↓（　　）

↓（　　）↓（　　）↓（　　）↓（　　）

↓（　　）↓（　　）↓（　　）↓（　　）

↓（　　）↓（　　）↓（　　）。

恭喜你，過關了！

主題（六）：練功好撇步

農場小導遊

前面我們介紹過關於童詩的內容、形式、標點、押韻等基礎知識，如果你很認真的從前面讀到這兒，相信現在的你一定躍躍欲試，迫不及待地想動筆寫一堆好詩。可是匆忙下筆，真的能寫出好詩嗎？有點令人懷疑哩！

你知道嗎？童話故事或卡通裡的主角，為了打敗邪惡的壞蛋必須努力的修練武功；寫詩的道理也是一樣的，你必須勤練一些基本功，在必要的時候，就可派上用場。別急！在動筆寫詩之前，這章節要提示幾項大原則，只要你好好掌握，平時認真實行，一定可以寫出很棒的作品。

一、多欣賞各類詩文作品↓增長見識，吸取經驗。
二、學習寫詩的技巧↓工欲善其事，必先利其器。技巧高超，才能更出色。
三、參考相關的作品、資料↓尋找借鏡，啟發靈感。
四、豐富自己的生活經驗↓讓寫作的題材更加豐富。
五、對週遭事物具有高度興趣↓訓練觀察力和想像力。

六、記錄感動和靈感↓留下記錄，有備無患，寫詩不怕沒材料。

七、多練習寫詩↓行動勝於一切，從做中學。

八、詢問別人的建議或意見交流↓虛心求教，好問則裕。

九、詩也可以是累積、修改而來↓不必一次就把一首詩完成，寧可把一句或幾句詩寫好，精雕細琢，一步接著一步，慢慢累積完成。

十、凡走過必留下痕跡↓保存完成的作品，以供日後參考或改寫。

◀▼ 平時建立寫作的資料檔案，課堂或課餘時間多做實際的寫作練習，師生、同學之間多做分享與交流，都有助於累積寫詩的能量！

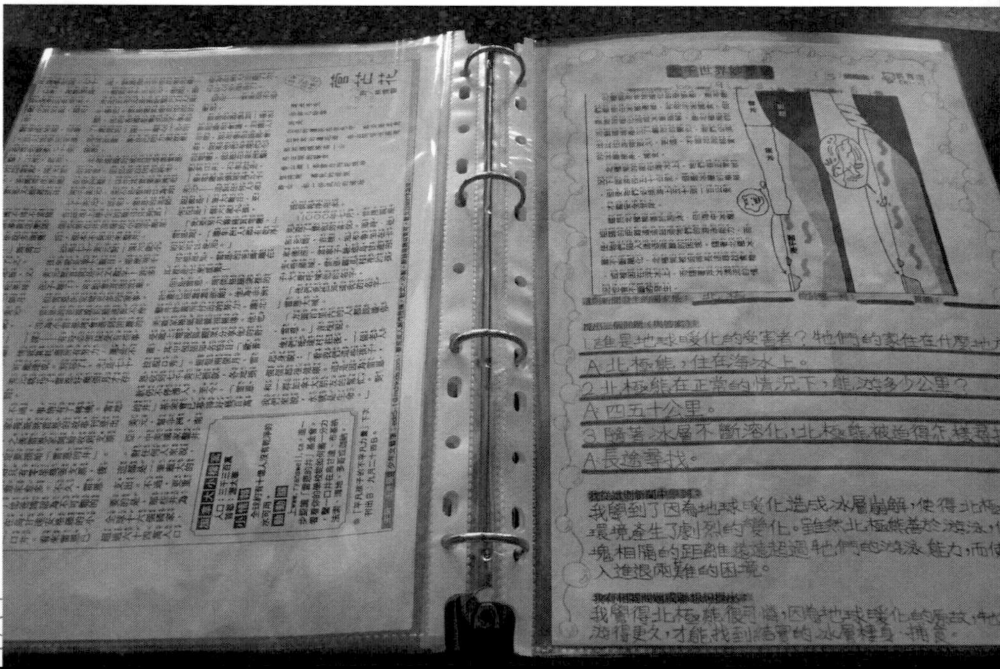

小朋友，以上所介紹的原則都是很實在的，但是每一個人寫童詩可能都有自己獨特的寫法，只要能達到良好的效果，採用任何方法都是可以的，千萬不要被侷限住了。

童詩的創作是一種「無中生有」的過程，必須「有感而發」，才能達到目標。首先，必須選擇生活中最讓你感動的事物作為題材，再經過一番思考，發揮想像力並且運用寫作技巧來把想法加以包裝、修飾，接著透過新鮮、生動的語言來做表現，甚至在完成之後，還需要反覆的修改、潤色，才能寫出動人心弦的好詩。

俗話說：「才氣是長期的堅持不懈。」寫詩正需如此，廣泛的閱讀與經常性的練習是不可少的。最重要的，永遠是堅持到底的「恆心」，只有含淚播種的人，才能歡呼收割。因此，學習寫詩，千萬不能因為怕難、怕苦就半途而廢喔！

當你遭遇困難或是挫折的時候，想想看，台灣之光林書豪、王建民等人今天之所以能大紅大紫、發光發熱，闖出屬於自己的一片天，長期的堅持不懈絕對是成功的不二法門！

農場裡的Q＆A

Q：童詩一旦寫作完成後，就不需要再去修改了嗎？

A：改或不改都由作者決定。許多好的作品，在最初完成之後，作者仍會反覆的修改、潤色，直到令人滿意為止。許多動人心弦的好詩，都是經過反覆修改才誕生的。

農場小辭典

躍躍欲試：形容人對某件事物非常心動，急切的想嘗試一下。

例句：冠霖是班上的短跑健將，對這次校慶運動會的短跑比賽躍躍欲試，似乎早已十分有把握。

有備無患：凡事做好準備，就可以免除後患。

例句：在颱風來到之前，要先做好防颱準備，有備無患。

工欲善其事，必先利其器：工匠想要把工作做好，必定要先求工具精良。比喻在工作之前，須做好事先的準備，才能事半功倍。

例句：俗話說：「工欲善其事，必先利其器。」因此，想要練就一手好書法，就必須先挑選幾支好筆。

精雕細琢：精心細緻的雕刻琢磨。

例句：這些不起眼的木材，經過工匠的精雕細琢，如今已成為高價的藝術品。

半途而廢：事情尚未完成就停止。

例句：事情還沒完成就半途而廢的話，哪能品嚐到成功甜美的果實呢？

show time

農場創意秀

親愛的小朋友，我們在學習與撰寫童詩的過程中，可能會碰到很多種狀況，應該如何因應和面對呢？讓我們一起來發現問題，解決問題。以下有幾種解決問題的方式，請將問題與合適的解決之道，用連連看的方式，做出正確的配對。

(1)不懂詩句要如何美化與裝飾 ● ● (6)詢問別人的建議或意見交流

(2)對於已完成的作品不滿意 ● ● (7)多欣賞與參考相關的作品，並多練習寫詩

(3)選這個也不是，寫那個也不好 ●（卻乏信心與果斷力） ● (8)對週遭事物懷有興趣，並仔細觀察

(4)寫到一半卡住了，或是不知如何下筆（缺乏寫詩的靈感） ● ● (9)學習寫詩的技巧

(5)觀察力和想像力不夠敏銳 ●（缺乏寫詩的經驗） ● (10)保存作品，日後再思考與改寫

答：
(1)—(9)
(2)—(10)
(3)—(6)
(4)—(7)
(5)—(8)

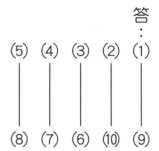

靈活篇

給小朋友的話

小朋友，有了對童詩的基本認識之後，如果你已經開始寫詩，也許你會覺得自己的詩句欠缺了點什麼，嗯，或許就是少了那麼一點靈巧吧！接下來這個單元，要教你多種實用的修辭技巧，它們能為詩句穿上迷人的彩衣，增加詩意和生氣，讓詩更美麗多采。有這麼「好康」的事情，趕緊瞧下去吧！

給老師和家長的話

親愛的老師和家長，當您的寶貝在閱覽本書〈探索篇〉之後，於寫詩的過程中能夠開始考慮到詩的標點、外形、押韻……等等，那正是筆者由衷的期盼。

接下來，我們將學習重點著眼於「修辭技巧」上，對寫詩或作文而言，這是非常重要的一環。不少教育學人都肯定用修辭技巧來寫童詩的效果。本書〈靈活篇〉，考量您及孩子的需求，舉用數種常見的修辭技巧進行說明，內容深入淺出，擇要而述，誠願對讀者有所裨益。

主題（一）：想像力的魔法——譬喻法

農場小導遊

世界上的人、事、物，彼此之間有許多相似的特點，可讓人做相關的聯想。例如，看到圓圓的月亮，可能會覺得它像一塊美麗的黃玉；看到火紅的太陽，可能會覺得它像一顆紅色的籃球；看到正在大發雷霆的媽媽，可能會覺得她像一隻噴火暴龍。寫句子的時候，針對自己要描寫的對象，找出它的特點，再用相似的事物來做比喻，這種技巧，叫做「譬喻法」。

中、小學階段的小朋友，只要能善用譬喻法中較常見的「明喻」和「暗喻」兩類，就可以寫出很棒的詩囉！關於這兩類的介紹，請看以下精簡的說明。

明喻法：

明喻是用「甲像乙」、「甲好像乙」、「甲像是乙」、「甲像乙一樣」、「甲像乙一般」、「甲似乙」、「甲恰似乙」、「甲如乙」、「甲有如乙」、「甲彷彿是乙」、「甲依稀是乙」……等等，來直接比喻。

例句：

⑴妹妹的小臉蛋，紅通通的，像一顆大蘋果。

⑵弟弟一哭起來，就好像空襲警報一樣，聲音大得嚇死人。

⑶蝴蝶彷彿是一架一架的小飛機，在花兒上空表演著特技。

解說：

根據詩句上下的意思以及關鍵字，不難看出，以上例句分別把妹妹紅潤的臉蛋比喻為蘋果，把弟弟的哭聲比喻為空襲警報，把飛舞的蝴蝶比喻為小飛機。並且由關鍵字判斷出句子使用了「明喻法」。

暗喻法：

暗喻法又叫「隱喻法」，其實就是暗中打比方。把「好像……一樣」、「彷彿……般」這些字眼隱藏起來，改用「是」、「為」、「變成」等關鍵字。基本的寫法有「甲是乙」、「甲為乙」、「甲變成乙」。

例句：

(1)今夜，皎潔的月光是明燈，伴我夜讀。

(2)眼睛為靈魂之窗。

(3)傍晚，火紅的夕陽變成一顆大火球掛在天邊，美麗極了！

解說：

根據三個句子的意思，分別把月光比喻為明燈，把眼睛比喻為窗，把夕陽比喻為掛在天邊的大火球。還記得前面所提過的方法原則嗎？仔細瞧瞧，句中出現了「是」、「為」、「變成」，這不正是暗喻法的關鍵字嗎？

看完了前面的說明，你會分辨「明喻法」和「隱喻法」了嗎？是不是很簡單呢？現在，就讓我們一起來欣賞幾首運用了譬喻法的可愛童詩吧！

海

宣信國小・安俊瑜

海是一個非常奇怪的人
當他高興的時候
慷慨得像豪爽的富翁
請陸地喝免費的飲料
當他心情不好的時候
像一條豎起來的眼鏡蛇
撲向岸邊的人

▼ 圖／林森國小　黃筠婷

烏雲

宣信國小．郭純紋

烏雲膽小如鼠
只要遇到打雷閃電
他就拼命掉眼淚
害得大家不敢出門

▼ 圖／林森國小　陳怡瑄

解說：

以上兩首詩運用了明喻。安俊瑜小朋友寫的「海」，將大海比喻為人，把漲潮這樣的自然現象，比喻為慷慨的富翁請陸地喝飲料；把可怕的海嘯比喻成眼鏡蛇撲向岸邊的人。聯想力實在是一級棒哩！

郭純紋小朋友寫的「烏雲」，很自然的把「烏雲」、「打雷」、「閃電」、「下雨」聯想在一起，把烏雲比喻成像老鼠般的膽小，再把下雨這樣的現象比喻成烏雲受到驚嚇就落下淚珠，只用了簡單的幾句，就把烏雲的特性表露無遺了。

爸爸的手

篤行國小・張家慈

爸爸的手，
是我的暖暖包，
只要緊緊握住，
再冷的天氣，
也不會感到冰寒。

▼ 圖／林森國小　劉桂妙

酸梅

黃宏文

每次考試考不好時，
同學的話，
變成一顆顆的酸梅，
酸溜溜的。
父母的話，
也變成一顆顆的酸梅，
酸溜溜的。
你們可知道？
酸溜溜的酸梅，
不是我喜歡的喲！

▼ 圖／林森國小　王麻衣

解說：

這兩首詩運用了暗喻，和明喻最明顯的區別只差在關鍵字上。張家慈小朋友將爸爸的手比喻為自己的暖暖包，說明了父愛的溫暖；黃宏文老師將學生考試考不好時，受到旁人的閒言閒語，比喻為酸溜溜的酸梅，那種滋味並不好。以上詩句透過譬喻法，流露出更動人的情感，使我們讀後也能感同身受。

運用譬喻法來寫詩，讓人覺得詩中所營造的氣氛和形象更加鮮活，同時，內容也會變得更生動有趣。現在，你是否能在自己的詩中使用譬喻法呢？不妨試試看！

農場裡的Q&A

Q：關於譬喻法中的「明喻」和「隱喻」，要如何區分呢？

A：明喻和隱喻最明顯的差別是在關鍵字的不同，明喻是用「甲像乙」、

「甲好像乙」、「甲像是乙」、「甲像乙一樣」、「甲像乙一般」、「甲似乙」、「甲恰似乙」、「甲有如乙」、「甲彷彿是乙」、「甲依稀是乙」等，來直接比喻。至於隱喻法，其實就是暗中打比方。把「好像……一樣」、「彷彿……般」這些字眼隱藏起來，改用「是」、「為」、「變成」等。基本的寫法有「甲是乙」、「甲為乙」、「甲變成乙」等。

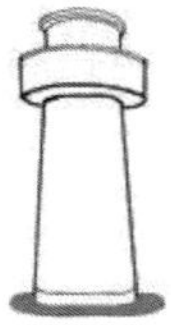

農場瞭望台

用明喻法或暗喻法來描寫各種事物，我們可以從事物的外形、顏色、情緒、聲音、位置以及你本身對事物的感覺、看法……，多方面的去進行有關的聯想和比擬的工作，接著，再挑選認為精采的部分來描寫，寫完後，反覆朗讀，刪除累贅、多餘的字句，並對不順或者不滿意的地方做些修正、潤色，一首童詩作品就可望正式誕生了。善運用譬喻法，可以將主題的特性表現得更生動活潑。對於初學童詩的人，這也是最容易應用的技巧。

農場小辭典

大發雷霆：比喻發怒、大聲責罵。

例句：聽說阿凱的爸爸之所以大發雷霆，是因為這次月考他考了最後一名。

表露無遺：完整表現出來，沒有遺漏。

例句：從大雄說話時的表情和語氣看來，他已將討厭寫功課的心情表露無遺。

show time

農場創意秀

親愛的小朋友，以下有一張既是詩人又是畫家的林煥彰老師所提供的有趣畫作，仔細瞧瞧，每隻貓是不是都有很多特殊的地方呢？也帶給我們許多想像的空間。請善用你的想像力，並且配合使用譬喻法，試著將圖中的貓，做些比喻，或許就能寫出一首簡單的小詩來。

範例：

灰色的貓是滿足的貓，
因為他有魚。
藍色的貓是憂鬱的貓，
因為他祈禱。
橘色的貓是浪漫的貓，
因為他愛紅花。
綠色的貓是特異功能的貓，
因為他會分身。

學生試作：

主題（二）：聽風兒在唱歌——擬人法

農場小導遊

小朋友，在日常生活中，你曾經看到花草植物、太陽、月亮、蜘蛛、螞蟻說話嗎？其實並沒有吧！雖然他們沒有說話，可是你卻可能把它當作真人一樣的看待。在卡通影片或是童話故事裡，許多的動、植物都是會哭、會笑、會生氣、會說話、會做運動，甚至連四季、高山、小河、岩石……等等，我們也把它們當作有生命、有感情的人一樣的過著生活，就會覺得好可愛，它們彷彿都變成「真人」了。像這樣的表現手法，就叫做「擬人法」或「擬人化」。擬人法的對象一般分為以下三類。

一、有生命的（生物）：除了人以外，一切有生命的動、植物。

例句：調皮的小蜜蜂弄亂了花的頭髮。

二、**沒有生命的（非生物）：石頭、雨滴、月亮、礦物等無生命的東西。**

例句：下雨了，成群結隊的雨滴，在院子裡演奏美妙的交響曲。

三、**超越生命的（抽象物）：季節、天氣、時間等抽象物。**

例句：溫柔的春姑娘走了，嚴肅的夏公公就來了。

看了剛才的例句，仔細想想看，在真實世界裡，小蜜蜂有分調皮或是不調皮的嗎？花兒真的跟人一樣有頭髮嗎？雨滴會真的會演奏曲子嗎？春天為什麼是一位姑娘？夏天又為什麼是一位老公公呢？

其實，這就是擬人法的技巧呀！給了小蜜蜂人類的性格；把花蕊當作是花的頭髮；把落雨聲說成是雨滴在演奏；又把春天和夏天冠上了人類的性別；讓人覺得句子變得可愛、活潑多了，這正是擬人法的獨特妙用。

以下幾首童詩，都是運用擬人法的作品，你是不是可以在詩中找到和平常的感覺相類似的地方呢？

太陽

宣信國小・邱敬雯

太陽是一個貪玩的小孩
喜歡到處跑
清晨爬到山頂去
傍晚在海中游泳
最後投入海媽媽的懷抱裡

▼ 圖／林森國小　許芸涓

白雲弟弟學畫畫

宣信國小・葉士維

白雲弟弟學畫畫
畫得不好
就被雷爺爺大聲罵
他難過得落下淚來
讓住在地上的人類傷腦筋

▼圖／林森國小　楊上儀

浪花

洪志明

大海有話，
想對船說；
船聽不懂大海的話，
慢慢地走開。
美麗的浪花還是圍著船，
說個不停。

▲ 圖／黃宏文

解說：

第一首詩，太陽會爬山、游泳；第二首詩，白雲會畫畫、流淚；第三首詩，大海和浪花居然會說話。像這類把江山風月、草木鳥獸等非人的事物加上了人類的動作、性格，讓它就像一個活生生的人一樣，這種手法就是擬人法，你看出來了嗎？

學會了擬人法，還等什麼呢？試著針對你喜歡或是有感觸的對象，運用擬人法寫一首可愛的童詩吧，可別讓別人的作品專美於前囉！

農場裡的Q＆A

Q：什麼是「擬人法」呢？

A：凡是將生物、非生物、抽象物這三類對象，賦予人類才有的動作、表情、性格，使其宛如活生生的真人一般，能夠使得文句變得更可愛、活潑，這種修辭技巧就是擬人法囉！

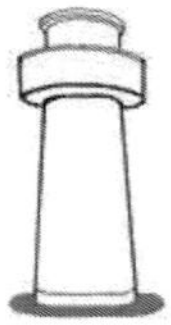

農場瞭望台

剛才我們介紹了擬人法的對象種類，包含有生命的對象、無生命的對象以及超越生命的抽象對象。現在讓我們嘗試分辨以下擬人法句子的對象種類，加油！

1 浩瀚的宇宙正向人類招手，人類必須發展更高的科技。

這是（　　　　　　）擬人。

2 黃金珠寶正向海賊們拋媚眼，使得每個海賊都摩拳擦掌，很想上前爭搶。

這是（　　　　　　）擬人。

3 圍牆上喵喵叫的小花貓，正在說肚子餓了。

這是（　　　　　　）擬人。

答：1 超越生命的（抽象物）　2 沒有生命的（非生物）　3 有生命的（生物）

農場小辭典

抽象：籠統概括的意思，是「具體」的相反，也就是「非具體」。

例句：哲學家為何總是喜歡思考一些抽象的問題，真令人難以理解。

專美於前：搶先得到美名。

例句：中華隊的奧運國手使出渾身解數，不讓對手專美於前。

渾身解數：指將全身所有的本領使出來。

例句：林書豪使出渾身解數，只為了在籃球比賽中有優異的表現。

▲ 圖／林森國小 陳妏妤

摩拳擦掌：形容準備行動或採取作為。

例句：比賽還沒開始之前，只見每位選手摩拳擦掌，準備大展身手。

show time

農場創意秀

聽明的你，以下的句子何者運用了擬人？請試著分辨看看，是的打○，不是的打×，是否能全部答對呢？

1（　）考一百分就像吃飯一樣簡單，輕輕鬆鬆。

2（　）農場的小雞，像一群小衛兵一樣，真是可愛！

3（　）小偉的糗事，多如繁星，難以細數。

4（　）樹上的小鳥總愛放聲高歌，仔細聆聽，倒也覺得悅耳動聽！

5（　）太陽就像一顆大燈泡，是誰把它高高掛在天空上？

6（　）春神來了怎知道？梅花黃鸝報告。

7（　）星姑娘是一位愛點燈的人，她總愛在黑暗的房間中點燈。

8（　）炎熱的夏天，就在無聲無息中離去。

答：1×　2×　3×　4○　5×　6○　7○　8○

主題（三）：跟著節奏走——排比法

農場小導遊

小朋友，首先，先請你瞧瞧幾個句子吧！

例句一：冬夜，是寒冷的，是神秘的，是萬籟俱寂的。

例句二：燕子去了，有再來的時候。楊柳枯了，有再青的時候。桃花謝了，有再開的時候。

例句三：這條河川，流過山谷，流過原野，流過鄉間，流過都市，直通大海。

例句四：弟弟愛吃西瓜，也愛吃冰棒，更愛吃炸雞。

例句五：美術館陳列許多名畫，我最欣賞的那幅畫裡有太陽、有青山、有彩虹，也有溪流。

你有什麼發現嗎？

在這些句子裡，把重覆使用的類似詞語或句型並列在一起，使語氣前後連貫，形成一種層次感，給人深刻的印象。這樣的寫法，叫做「排比法」。

在詩句中使用排比法，除了可使語氣前後一貫，增強詩的節奏和彈性，還可以美化詩文，讓讀者很容易就能琅琅上口。寫排比句應遵守的原則有：

一、句數（組）要三句（組）或三句（組）以上。

二、每句字數不必相等，不必避免用字相同。

三、句型要有相似性。

四、前後語氣要一致。

透過以上簡單的解說，你對排比法的句子更有概念了嗎？接著，以下有幾首運用排比法的童詩，你可以嘗試把詩中排比的句子都找出來。

▲ 圖／林森國小　李佳怡

朝陽

宣信國小．陳美儒

柔和又帶點活潑的你
有新生的氣息
從山的懷抱裡
漸漸脫離
照亮大地
照亮今天
照亮希望
是耀眼動人的你

▼圖／林森國小　王麻衣

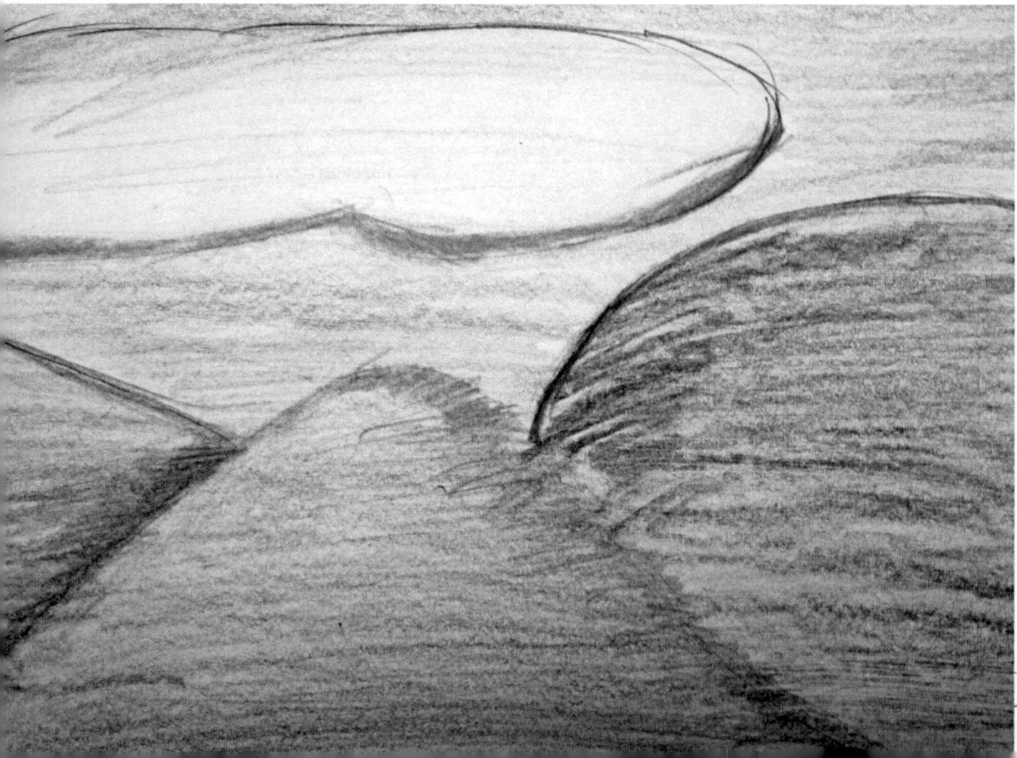

風

宣信國小・柳思吟

風是調皮的搗蛋鬼
時常惡作劇
把樹葉撒落池塘
把塵土捲上空中
把垃圾亂丟各處
大家都對他沒辦法
只有房屋叔叔不怕他
保護我
不被他捉弄

▼ 圖／篤行國小　林其寬

小狗

篤行國小・黃郁軒

小狗是一位勇敢的獵人
追逐獵物不害怕
小狗是一位認真的守衛
看顧家園不偷懶
小狗是一位忠實的朋友
陪伴家人不離棄
小狗是一位貼心的家人
希望永遠不分開

◀圖／林森國小　陳怡瑄

解說：

根據先前所提過的原則，排比的句數（組）要三句（組）或三句（組）以上，每句字數不必相等，句型要有相似性，前後語氣要一致。以上四首詩，我們都幫你在排比句的地方做了記號，應該可以看出來了吧？比較特別的是「小狗」這首詩，全詩可以說是是由排比句堆積而成的。現在你知道修辭技巧驚人的妙用了吧！若是一種修辭技巧就可以造出一首詩，那不是很棒嗎？千萬不可小看修辭的妙用！努力多學幾招吧！

農場裡的Q&A

Q：寫詩善用排比法可以製造出何種效果呢？

A：可使語氣前後一貫，增強詩的節奏和彈性，還可以美化詩文，讓讀者很容易就能琅琅上口。

Q：「夏天的風，是熱情的風；秋天的風，是憂愁的風。」這樣的句型，我們能稱它使用了排比法嗎？

A：這樣的文句，確實有排比法的樣子。但嚴格來說，排比的句數（組）要三句（組）或三句（組）以上，才算符合排比的規則。因此，這樣的句型還不能說是正規的排比句型。

農場瞭望台

本單元學習「排比法」的技巧，要創作排比法的詩句，平時我們對於文字、語詞、句型必須要更敏感、靈敏。以下的語詞或句型，讓我們將同類型或相似的挑出來。

高高、低低、大大、小小、高高、矮矮、胖瘦、古今

同類型的語詞有：（　　　　）

美麗的少女、乖巧的孩子、聽話的小貓、沒人可以阻止他前進、大大小小事情陸續發生

同類型的句型有：（　　　　）

答：1高高、低低、大大、小小、高高、矮矮。
2美麗的少女、乖巧的孩子、聽話的小貓。

農場小辭典

琅琅上口：形容對文詞章句十分熟練，能順口誦讀。

例句：阿福是周杰倫的忠實歌迷，任何周杰倫創作的歌詞，她都能琅琅上口。

show time

農場創意秀

小朋友，以下的句子何者運用了排比？請試著分辨看看，是的打○，不是的打×，測驗自己一下吧！

1（　）可愛的貓狗，肥胖的牛羊，美麗的花草，是這座農場十分吸引遊客的地方。

2（　）雪白的大地像一座天然的滑雪場一樣，真是壯觀！

3（　）考國語，考數學，考社會，每一科考試都難不倒他。

4（　）那兩位學生，一樣很有禮貌，一樣很有智慧，一樣很有創意。

5（　）聽風兒在唱歌，聽花兒在說話，那就是我假日時的一大享受。

6（　）我愛青菜，也愛水果，更愛甜點，美食總是讓人難以抗拒。

7（　）我愛爸爸，也愛媽媽，希望我們全家人永遠幸福快樂。

8（　）春天悄悄地來，也悄悄地走。

答：1〇　2╳　3〇　4〇　5╳　6〇　7╳　8╳

主題（四）：讓豬羊變色——誇張法

農場小導遊

誇張法又叫做「誇飾法」，也就是一般俗稱的「吹牛」或「臭蓋」。簡單來說，透過加油添醋的功夫，使文字表達誇張化，如此一來，寫出來的句子，就算使用了誇張法。

誇張法一般又分成兩類，簡單說明如下：

一、放大：將要描寫的特點，誇大得比原來大很多。

例句：小英的頭髮長得可以拔河了。

解說：

把「頭髮」這個特點，故意誇大的說成「長得可以拔河」，這樣的功夫，屬於「擴大」。

二、縮小：將要描寫的特點，縮小得比原來小很多。

例句：他跑得好慢喲！連烏龜的速度都比他快。

解說：

抓住「跑得慢」這個特點，加以縮小。烏龜的動作原本就很慢了，現在故意把他說成「比烏龜還要慢」，這樣的功夫屬於「縮小」。

善用誇飾法，可以增加趣味性，製造出意想不到的驚奇，加深讀者的印象，是十分常用的寫作技巧。下面再舉出一些施加誇飾法的句子，小朋友，你讀了之後，是否感受到油然而生的趣味呢？

例句：

⑴阿公講故事的時候，連蚊子都靜靜站在手臂上聽。

⑵一百哩外，我就聽到媽媽罵弟弟的聲音。

⑶這麼熱的天氣，都可以在陽台上煎蛋了。

⑷小明沒寫功課，老師氣得火冒三丈、七竅生煙。

⑸今天玩得真開心，我早已把煩惱拋到九霄雲外去了。

以下幾首詩，是運用誇飾法的實例，仔細瞧瞧，詩中誇張的地方，是不是能讓你發出會心一笑呢？

眼淚

劉仁翔

眼淚是臉上的噴泉
控制流量大小的是一種
叫作情感的機關
眼淚比鹽更鹹
流淚比流血更痛

▶圖／林森國小　陳妏妤

▲ 圖／林森國小　林怡茹

解說：

這首小詩，開頭第一句運用暗喻，把眼淚比喻為噴泉。到了最後，運用誇飾，鹽巴是鹹的，卻把眼淚說成比鹽更鹹；流血應該是很嚴重、痛苦的，卻把流淚說成比流血更糟。雖然是誇張，卻讓人覺得可以接受，為什麼呢？請容我們仔細想想，人們流淚的時候多半是因為難過或是感動至深，當一個人無論是難過或是感動，在那種時候，因情緒的上升，很多客觀條件是能夠被理解的。以這個例子來看：眼淚本來就是鹹的，但是否比鹽巴鹹呢？在人們難過的時候或許就會有這樣的感受。而流淚基本上是沒有痛覺的，但是當人因為受到心理的打擊或傷害的時候，我們會有「心痛」的感覺，那種內心的痛楚確實有可能在程度上會比實際的傷口流血來得更糟。因此這首詩用了這樣的誇張法，就讓人能感同身受，備感真切了！

雲

張春榮

天空先生，
用太陽烤爐，
烤出來的白麵包，
又軟又長直到天邊，
一定可以
讓全世界的人都吃飽。

▼ 圖／林森國小　許嘉琪

解說：

事實上，不管是哪一種烤麵包，有可能長到天邊，讓全世界的人都吃飽嗎？張教授這首詩，顯然是運用了誇張的手法，卻成功的刻畫出兒童想法的天真可愛。

農場裡的Q&A

Q：寫作文或童詩，「誇張法」要運用得愈多且愈誇張才好嗎？

A：俗話說：「用得多不如用得巧」。誇張法要是用得過多，或是用得過度誇張，不見得是好事，有時候不但沒有辦法達到適當地效果，反而會給人家一種華而不實的負面觀感。其實，無論使用任何修辭，一定要恰到好處，才能產生最好的作用。

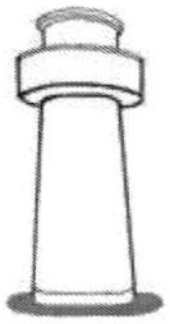

農場瞭望台

「誇張法」，有比較合理的誇張，以及比較不合理的誇張，雖然寫作的時候，並沒有嚴格的要求或限制，但是太過誇張的時候，有時候反而會造成「牛皮吹得太大」的反效果。以下有些運用誇張法的句子，讓我們用感覺來判斷，哪些是比較合理的誇張？哪些是比較不合理的誇張？

A．老師看到我的數學成績，簡直氣到腦中風死亡。

B．姊姊長得美若天仙，讓許多男生深深為她著迷。

C．小木偶每次說謊的時候，鼻子就變長，伸長到外太空去了。

D・哥哥跑步的速度比光速還快，全世界沒有人贏得過他。

E・今日演奏會上，她彈奏的美妙琴音，令人永生難忘。

填入句子的代號：

1 比較合理的誇張有（　　）。

2 比較不合理的誇張（　　）。

答：1B、E

2A、C、D

農場小辭典

油然而生：自然地產生。

例句：自從上了電腦課之後，明彥對電腦的興趣油然而生。

火冒三丈、七竅生煙：都是用來形容人非常生氣的樣子。

例句：阿凱這次月考數學考得很差，他父親氣得火冒三丈、七竅生煙。

會心一笑：因了解心意而展現笑容。

例句：怡臻和萱萱常為彼此相同的反應而會心一笑。

恰到好處：剛好達到最合適的地方。

例句：要把麵包做得好吃，麵粉和水分的比例一定要恰到好處才行。

華而不實：只開花而不結果。比喻虛浮而不切實際。

例句：那個華而不實的人，每次總是隨口答應別人，卻從來沒有做到。

show time

農場創意秀

「誇張法」，是運用誇張的語氣來強調我們所要描述的對象，一般來說包含時間、空間、速度、長度、顏色、五感、情景、樣貌……等等。藉由誇大的效果，使主題或內容更加生動、出色，以吸引或滿足他人。

誇張法要用得好，當然要有出奇的想像力，故意誇大或縮小事實，要讓人覺得新奇、有趣而且可以接受，但要避免「牛皮吹得太大」或「牛皮吹破了」！否則有時候不免讓人覺得有適得其反的效果，這就考驗寫作或說話者的功力囉！

以下，讓我們一起為幾個誇張法的句子，填入合適的字詞，讓誇張的趣味，盡在我們眼前呈現吧！

填入合適的字詞：

針　雷聲　血流成河　機關槍　火　膽小如鼠　竹竿　閃電

1 國豪跑步速度快如（　　　　　），一下子就超越了對手。

2 病房裡靜悄悄的，連一根（　　　　　）掉落地面都可以聽得一清二楚。

3 隔壁的阿花，瘦得像（　　　　　）一樣，實在不怎好看。

4 爺爺晚上睡覺時發出的打呼聲，比（　　　　　）還大，真是擾人清夢！

5 老師每次訓話，就像（　　　　　）在掃射一般。

6 小勇是個（　　　　　　）的人，連聽到貓叫都會嚇得哭出來。

7 戰場上，槍林彈雨，許多士兵中彈倒地，（　　　　）。

8 疾如風，徐如林，侵略如（　　　　　），不動如山。

答：1閃電　2針　3竹竿　4雷聲　5機關槍　6膽小如鼠
7血流成河　8火

主題（五）：傻得很可愛——設問法

農場小導遊

小朋友，不知道你有沒有發現，在日常生活中的對談，人們是不是常常問來問去的呢？例如，你吃飽了嗎？明天的天氣會是如何呢？這件事情到底是對或是不對……等等。其實這些問句，裡面還暗藏一番學問呢！別緊張，並不會很困難，希望在你讀完以下的介紹之後，臉上會掛著收穫滿滿的自信微笑，對設問法有正確的認識，並且能加以活用。

設問法一般分為懸問、提問、激問三種，簡介如下：

一、懸問：心中有疑問，但並不知道答案，直接拋出問題。

例子：黃老師幾歲？自己一個人住嗎？喜不喜歡小動物？

二、提問：先賣關子，然後馬上回答。這種有問有答的方式，能很快吸引人注意。

例子：大象，大象，你的鼻子為何那麼長？媽媽說，鼻子長才是漂亮。

三、激問：只提出問題，不說出答案。但是，答案已經是眾所皆知了。

例子：俗話說：「天下沒有白吃的午餐」。要想收穫，能不付出努力嗎？

平常，你可以把自己經過觀察、思索，所產生的疑問記錄下來，然後試著推測問題的答案，你的推測可能是正確的，也可能是憑空想像或是胡亂瞎掰的，都沒關係。隨著問題的湧現，你不斷地思考、不斷地尋求解答，你就越有可能不斷的成長、進步，因為這正是在訓練自己的思考力以及想像、聯想的能力。極有可能在你思索的過程中，靈光乍現，迸出創意的火花來。

運用設問法，我們可以在詩句中製造出一些天真的童趣。雖然乍看之下，有些問題很傻，或像是在裝傻，卻傻得很可愛，傻得很有趣！這種看似裝傻的模樣，絕對不等於笨拙，反而是一種高明的藝術手法哩！

有錢

篤行國小・廖德晉

有錢有什麼不好？
可以穿漂亮的衣服，
衣櫃裡有各式各樣的衣服哪！

有錢有什麼不好？
可以吃好吃的食物，
街道上有五花八門的高級餐廳哪！

有錢有什麼不好？
可以住豪華的大房子，
城市裡有光彩奪目的豪宅哪！

有錢有很多好處。
為什麼我問爸爸要怎樣才會有錢？
爸爸卻叫我用功讀書。

▲ 圖／林森國小　楊上儀

解說：

詩句中重覆問「有錢有什麼不好」，雖然沒有揭示答案，但是作者的意思很明顯了，暗示「有錢沒什麼不好」，這運用的是設問法中的「激問」。可是，到了尾節，我們可以明白得知，作者沒錢卻很希望有錢，雖然願望很明白，但是不明白的是，為何爸爸總要他好好讀書？結尾的問句，屬於設問法中的「懸問」，卻製造出意外、驚奇甚至是好笑的效果。

農場裡的Q&A

Q：問句顯示心中有疑問，但並不知道答案，直接拋出問題。猜猜看，這屬於設問法的哪一種？

A：懸問。

Q：問句先賣關子，然後馬上回答。猜猜看，這屬於設問法的哪一種？

A：提問。

Q：只提出問題，不說出答案，但答案已經是很明白了。猜猜看，這屬於設問法的哪一種？

A：激問。

農場瞭望台

疑問句，還有「正問」及「反問」之分，「正問」是順著意思直接發問；「反問」則是換個反向的發問的方式，雖然和「正問」看起來有些不同，不過意思並沒有太大差別，只是取決於我們平時發問的習慣或方式而已。

例子：

一、

（正問）：你喜歡吃西瓜嗎？

（反問）：你難道不喜歡吃西瓜嗎？

二、

（正問）：那位戴著眼鏡的中年男子是你的老師嗎？

（反問）：那位戴著眼鏡的中年男子不就是你的老師嗎？

農場小辭典

五花八門：形形色色，變化多端，或指種類複雜、繁多。

例句：大賣場裡販售五花八門的食品，我和媽媽都不知道該挑哪些。

光彩奪目：形容色彩鮮豔，吸引人的目光。

例句：這次跨年晚會五彩繽紛的煙火，光彩奪目，美不勝收。

美不勝收：形容美好的事物眾多，無法一一收納。

例句：每當春天來臨，花園裡蝴蝶飛舞、百花齊放，實在是美不勝收！

show time

農場創意秀

親愛的你，以下的句子何者運用了「設問法」？你能否正確判斷？是的打○，不是的打×。

1（　）小林比較帥？還是小馬比較帥？妳們覺得呢？

2（　）爸爸喜歡吃青菜嗎？喜歡吃水果嗎？青菜和水果都是對人體有益的。

3（　）財富重要？名利重要？其實都不是，平安健康才是最重要的。

4（　）他究竟哪個科目最拿手呢？國語？數學？還是社會？

5（　）他喜歡唱歌，喜歡跳舞，喜歡彈鋼琴。

▲ 圖／林森國小　陳妏妤

答：1○　2○　3○　4○　5×

主題（六）：烘雲托月之美——對比法

農場小導遊

世界上很多事物，都是正反相對的，例如：大與小、動與靜、好與壞、遠與近、過去與現在、富貴與貧窮、快樂與悲傷、光明與黑暗等等。對比法是把兩種不同的觀念、景象、情狀、時間、空間、事實，加以對列比較，互相輝映，使黑的更黑，白的更白；美的更賞心悅目，醜的更不堪入目。綜合來說，對比是一種深化意境、增強情意的寫作技巧，它可以使詩的意味加深，重點更引人注目。

俗話說：「牡丹雖美也要綠葉扶」。對比的主要目的，就是要借綠葉來襯托牡丹，正因為對比法具有將事物相襯烘托的作用，因而又被稱為「映襯法」。在寫作的過程中，建議你可從事物的大小、顏色、形狀、情緒、時間、位置、聲音、喜好等方面切入，進行對比，相信只要找對了方向，一定可以把對比的效果呈現出來。

童詩的世界裡，應用對比法來表現情感的例子很常見，一起看看以下的例子。

朋友

篤行國小・林高騏

我有一位朋友
他人在國外
雖然我和他
如此遙遠
但是我們的心
緊緊在一起

▼圖／林森國小　林怡茹

牙齒和舌頭

篤行國小・林高騏

舌頭是身體最柔軟的地方
牙齒是身體最堅硬的地方
但是人老了
牙齒沒了
舌頭卻還在

解說：

第一首詩裡面提到自己與朋友雖然距離遙遠，但心卻是緊緊相連的，透過「遠」與「近」的對比，突顯出友情的濃厚與可貴。第二首，牙齒和舌頭本身就是「硬」與「軟」的對比，可是「硬未必勝過軟，剛強未必勝過柔弱」，這首詩中間做出了轉折，原來人老了，堅硬的牙齒不見了，只剩下柔軟的舌頭還在，具有良好的寓意。林高騏小朋友這兩首作品展現出的聯想和創意，實在是一級棒哩！

農場裡的Q&A

Q：日常生活中，有關「對比」的概念有哪些？請至少舉出十種。

A：世界上很多事物，都是正反相對的概念。例如：大與小、動與靜、黑與白、好與壞、善與惡、遠與近、胖與瘦、美與醜、過去與現在、富貴與貧窮、快樂與悲傷、光明與黑暗……等等。

農場瞭望台

「對比法」又稱「映襯法」，一般可分為「反襯」、「對襯」、「雙襯」三種。現在簡單介紹說明如下。

一、反襯：完全相反的概念，列於同一組句型當中。

例子：這次的球賽，他不想遇上的對手居然幸運的落敗了。（幸運／落敗）

二、對襯：兩個不同的對象，呈現出相反的概念。

例子：父親矮小瘦弱，可是兒子卻高大健壯。（父親矮小瘦弱／兒子高大健壯）

三、雙襯：同一個對象，用相反的概念來描述。

例子：他是一個「可愛」的人，「可憐沒人愛」的人。（可愛／可憐沒人愛）

農場小辭典

賞心悅目：因看到美好的事物、情景而心裡感到痛快、舒暢。

例句：凡是賞心悅目的圖畫，應該沒有人不喜歡。

不堪入目：比喻事物糟糕透頂而使人看不下去。

例句：那座遭受砲火攻擊的城市，現在好像人間地獄一般，簡直不堪入目。

show time

農場創意秀

在我們看過「對比法」的說明和例子，有了基礎的認識後，現在，我們要測試一下，看看你對於「對比」的概念能否做出又快又準確的判斷。

填入合適的字詞，讓句子前後、上下呈現「對比」的概念：

狼吞虎嚥　活潑外向　生龍活虎　肥胖臃腫　三餐不繼

1 姊姊文靜內向；妹妹卻（　　　　　）。

2 小夫骨瘦如柴；胖虎卻（　　　　　）。

3 媽媽吃飯總是細嚼慢嚥；爸爸卻總是（　　　　　）。

4 富人吃的是山珍海味；窮人卻是（　　　　　）。

5 學生們上課總是無精打采，下課卻是（　　　　　）。

答：1 活潑外向　2 肥胖臃腫　3 狼吞虎嚥　4 三餐不繼
5 生龍活虎

應用篇

給小朋友的話

從前面一路讀到這兒，相信你已經對童詩有不錯的認識。現在，如果你創作童詩能夠揮灑自如的話，那真要恭喜你囉！如果你仍然抱怨說，為什麼訂了題目，卻還是腦袋空白，不知道該怎寫才好，也請別灰心，這還在情理之中。要想練好寫詩的功夫，除了想像與靈感、恆心和努力之外，還必須講究方法。

本書最後這單元，要教你的正是平常訓練寫詩的方法。透過這些方法，不但能更輕鬆、簡單的寫好童詩，還能增加自己的經驗和實力。

準備好了嗎？繼續前進囉！

給老師和家長的話

親愛的老師和家長，鑒於所有文字創意始於修辭，而終於修行。本書最後登場的〈應用篇〉，聚焦於童詩的寫作訓練上，提供您平時引領孩子應用及演練的小技巧，藉由這些，除了可以訓練孩子的寫作能力，平時您甚至可以為孩子設計適合的功課或練習，並從中提供指導與協助，相信孩子的進步與成長，永遠是可以期待的。

主題（一）：續一杯童詩的好茶——續寫

農場小導遊

小朋友，也許你曾經在寫習作或是參考書的時候，看過類似造句接龍的題型，題目給你幾個句子，要你接下去完成結尾幾句，你不但要寫得通順、流暢、合理、不過分誇張，還必須切合主題。但是，那都是書上直接提供你題目，你只負責寫出答案而已。現在，在童詩的「續寫」練習裡，你可以做題目的主人，怎麼說呢？請看下面的方法。

一、挑選一首你所喜歡的詩。
二、將詩的最後一句或幾句去掉。
三、用自己創作的新詩句，來替代被去除掉的詩句。

是不是很簡單呢？使用這樣的方法，你就可以自己擇擇喜歡的題材來做練習，並且在練習的過程中，鍛鍊用詞與造句能力，還可以激發自己多元的創思與聯想喔！

現在，以前面我們曾經看過張水金先生的〈小窗的思念〉為例，鎖定最後的六行詩句，示範續寫技巧如下：

小窗的思念

張水金

七層、八層、九層的灰色大樓
　把矮小的
　紅色瓦屋
一層又一層緊緊的團團的圍住

小瓦屋的小窗
再也看不見圓圓的藍天
天天仰望
被擠成一條線的藍帶
想念著
愛談天愛眨眼睛的小星星
想念著
笑起來又甜又美的月亮
想念著
溫暖又明亮的大太陽

▲ 圖／林森國小　紀牧璟

續寫分析：

七層、八層、九層的灰色大樓
把矮小的
紅色瓦屋
一層又一層緊緊的團團的圍住
小瓦屋的小窗
再也看不見圓圓的藍天
天天仰望
被擠成一條線的藍帶
想念著
愛談天愛眨眼睛的小星星
想念著

笑起來又甜又美的月亮
想念著
溫暖又明亮的大太陽

解說：

剛開始練習續寫，只需針對選定的詩最後的幾句進行改造。可是〈小窗的思念〉這首詩，仔細瞧，最後六行詩句運用了類似「排比法」的相似句型。因此，對這個部分進行續寫練習的時候，必須非常小心，因為句型要有相似性，前後語氣也要一致，而且又不能破壞圖象詩的形象，這整首詩的形象應是像座小窗或是櫛比鱗次的窗外建築，如果沒注意到這一點，任意進行修改，打亂了原有的圖象和節奏，就不夠漂亮了！在這樣的寫作工程中，我們需要別具匠心，不要有粗俗的匠氣。

農場裡的Q&A

Q：在童詩的續寫練習過程中，我們需要先訂定詩的題目後才開始寫嗎？

A：在童詩的「續寫」練習裡，你可以作題目的主人。首先，挑選一首你所喜歡的詩，再把詩的最後一句或幾句去掉，接著用自己的話創作新的詩句來替代被去掉的詩句，這就是童詩續寫的流程。不必像寫作文一樣，訂定題目後逐步完成文章。而是只要藉由現成的作品，加以刪句、接寫，就算一種簡單、實用的續寫練習囉！

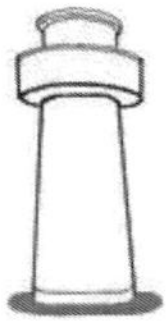

農場瞭望台

「一行續寫～多行續寫」

一行的續寫，單單改造原詩最後一行，以前面所讀過的〈小窗的思念〉一詩為例。

最後一行詩句是「溫暖又明亮的大太陽」，若是整句去掉，由你來接續，或許可以寫成：

溫柔又多情的白雲。

也可以寫成：

熱情又活潑的飛鳥。

或

敏捷又威武的大老鷹。

瞧，是不是也和原本的句子結構相類似呢？而且並沒有破壞排比。想想看，還可以怎麼寫呢？

從一行續寫開始，由此類推，我們還可以進行更多、更複雜的續寫工程，只像是兩行續寫，三行續寫……等等。花些心思，選定任何喜愛的詩作，嘗試將作品中幾句詩句刪除，由我們來接手續寫，這就是續寫的功夫。優秀的你，在續寫訓練中，不斷磨練思考和想像力，無形之中，寫詩的功力肯定會逐漸成長。

農場小辭典

別具匠心：創作技巧具有與眾不同的構思

例句：這雕像的雕刻別具匠心，確實非常出色。

匠氣：「匠心」的相反詞。形容創作缺乏藝術巧思，而流於低俗的工匠之氣。

例句：那位藝術家成天只想著要賺大錢，卻不用心於創作技巧，做出來的作品不免流於匠氣。

櫛比鱗次：又稱「櫛次鱗比」，形容建築物排列密集而整齊。

例句：台北市處處可見大樓櫛比鱗次，不愧是一座國際大城市！

show time

農場創意秀

親愛的小朋友，看完剛才的說明與介紹，你是否對於「續寫」有了更進一步的認識呢？現在就開始實際動手練習看看，請你根據〈小窗的思念〉這首詩，進行「續寫」的工程，從一行續寫開始，由此類推，還可以進行兩行續寫，三行續寫……等等，看看是否能創作出更可愛、有趣的詩句！

主題（二）：舊瓶裝新酒——仿寫

農場小導遊

「仿寫」是一種「有樣學樣」的寫作方式，從別人的作品中搜尋靈感，借取框架，然後進行改造、加工、潤色，創造出「同形不同質」的成品。

仿寫可以算是一種「腦筋急轉彎」的功夫，但由於作品不必全部「無中生有」，坦白說，只不過是一種略施加工、借屍還魂的寫作技倆。有些人認為仿寫拾人牙慧，是種「另類的抄襲」，因而視如敝屣，忽略了它對學習者的實質效益，實在好可惜！事實上，透過仿寫的方式，除了可以把寫作變得更輕鬆、簡單，更重要的是，從中吸取他人的靈感、經驗，並且透過實際的思考和聯想，豐富經驗、活化思路。此外，看到完成的結果，還可以增加寫作者的信心和興趣。

事實上，對於剛開始學作文或童詩的小朋友來說，寫作是非常困難的事，主要是難在「無中生有」。而練習仿寫，讓小朋友從「有中生有」開始做起，大大降低了寫作的難度；難度降低了，成就感提高了，自然而然，小朋友對於寫作也就不感到恐懼、排斥，甚至建立自信、產生興趣，這正是仿寫最重要的目的啊！

現在，讓我們先來看看以下兩類童詩的仿寫，一探仿寫的面貌。

一、題目不變，架構不變，用詞改變。

海浪

篤行國小．吳沛霓

海浪是畫家，
畫出不同的顏色。
海浪是歌手，
唱著奇妙的曲子。
海浪是舞蹈家，
跳出高低的舞步。
海浪是流浪漢，
不知要往哪裡去？

仿寫後：

海浪是畫家，
畫出不同的色彩。
海浪是歌手，
唱著奇妙的曲調。
海浪是舞蹈家，
跳出高低的步伐。
海浪是流浪漢，
不知要住在哪裡？

▲ 圖／林森國小　廖珮鈺

解說：

你有沒有發現，我們只是把原詩的內容換個詞兒而已，這就是最基本的仿寫囉！

二、題目改變，架構類似，用詞或用句改變。

仍以吳沛霓小朋友所寫的〈海浪〉為例，仿寫後題目改為〈稻田〉。

仿寫後：

稻田

稻田是畫家，

不同的季節，畫出不同的顏色。

▶ 圖／林森國小　許芸涓

稻田是歌手，
愛聽唱歌的鳥兒，最愛來湊熱鬧。
稻田是舞蹈家，
隨著風的旋律，不停的搖擺。
稻田是流浪漢，
到了秋天的時候，他又開始流浪。

解說：

原詩題目為海浪，現在我們可以把題目更換，然後根據原詩的架構，進行用詞用句的更換與修改。你瞧，我們把題目做了改變，詩中的用詞用句也跟著配合題目做了些改造，但全詩的架構還是沒太多的改變，這也是仿寫功夫的一種。仿寫對於童詩初學者或是苦思仍毫無思緒的孩子，是很好的寫作引導技巧，可以善加運用，有助於增加學習者的自信心和成就感。

小朋友，當你閱讀了一首令你感動的詩，你應該如何展開仿寫的工作呢？請看以下簡單的舉例說明：

可樂

年輕時的阿姨，
像一杯可樂；
姨丈喝了一口
就上癮了。

篤行國小・宋牿昜

▲圖／黃宏仁

讀完了這首詩，接著，要如何展開仿寫呢？其實很簡單，我們保留原詩的架構，只「挖掉」詩中一些字詞，換上自己喜歡的字詞，有點類似玩「挖空格尋寶」或像數學上所謂的「算式填充題」一樣的遊戲，這正是仿寫的技巧與特點。呵！是不是有點類似寫國語習作的填充題呢！

現在以〈可樂〉一詩為例，仿寫示範如下。

仿寫分析：

□□時的阿姨，
像□□□□；
姨丈□□□□
就□□了。

首先，將原詩文想做修改的地方用空格來取代，接著再填入替換的字詞。通常我們會把詩中的名詞、動詞、形容詞「挖」掉，再做替換。要特別注意的是，空格的字數，可自行增減。還有，仿寫的形式可以再放寬限制，詩中的人物、對象也可以做改變。在此，以〈可樂〉這首詩為仿寫對象，由其他小朋友示範仿寫如下：

仿寫後：

（一）

篤行國小・吳佩霓

年輕時的媽媽，
像一條電線；
爸爸碰了一下，
就被電到了。

（二）

篤行國小・林宗生

生氣時的姑姑
像母夜叉
姑丈再不回家
就得跪算盤了

（三）

篤行國小・張家慈

年輕時的奶奶，
像一朵玫瑰；
爺爺伸手想摘，
就被刺傷了。

▲ 圖／宣信國小　林莊庭

你看，只是借取了原作的架構，花點腦筋進行文句、字詞的替換與改造！這樣的過程，既簡單又可訓練自己的聯想力，對於初學童詩或是苦無下筆思緒的孩子而言，童詩「仿寫」，未嘗不是一種啟發思考、建立自信心的好方法！

農場裡的Q&A

Q：有人認為「仿寫」像是一種抄襲，缺乏原創性，因此不是一種好的寫作方法，「仿寫」真的一無是處嗎？

A：如果忽略「仿寫」的正面效益，實在很可惜！事實上，透過仿寫的方式，除了可以把寫作變得更輕鬆、簡單，更重要的是，從中吸取他人的靈感、經驗，並且可豐富經驗、活化思路。此外，看到完成的結果，還可以增加初學者的信心和興趣。特別對於剛開始學作文或童詩的小朋友來說，寫作是非常困難的事。而練習仿寫，讓小朋友暫時不必「無中生有」，而是從「有中生有」開始做起，難度降低了，成就感提高了，小朋友自然對於寫作也就不感到恐懼、排斥，進而建立信心與興趣，這才是仿寫最重要的目的。

農場瞭望台

「仿寫」是一種「有樣學樣，參考再改造」的寫作練習，但一定要合理、說得通。在仿寫的過程中，選擇適合的材料，發揮想像，加入自己的性格，走出自己的風格。也許有人會批評仿寫，但是，想想看，全球知名的可口可樂和百事可樂，不也都是可樂嗎？雖然它們的差異也許不大，但卻各自擁有屬於自己的一片天。

但我們千萬別忘記，任何創作最後的目的，還是在於跳脫別人的風格，獨樹一格，開發出完全屬於自己的作品！任何形式的創作，我們都應尊重原創者的智慧財產權。

農場小辭典

借屍還魂：指人死後靈魂附於他人屍體而復活。本是一種傳說，現代用來比喻事物藉由某些特殊名義或形體，以新的姿態出現。

例句：班上原本已被否決掉的計畫，卻在這次班會中受到部分同學的安排而借屍還魂了！

拾人牙慧：比喻仿造或抄襲他人的言論或主張。

例句：任何科技發明若只是拾人牙慧，就無法突破、創新。

視如敝屣：原意是將事物看作破鞋。比喻輕蔑，不屑一顧。

例句：他為人正直，對不正當的錢財、利益視如敝屣。

有樣學樣：比喻模仿他人，或是仿照既有的模式進行。

例句：因為爸爸愛抽煙，志銘也跟著有樣學樣，非常不應該。

獨樹一格：比喻自成一家，擁有獨自的風格或品味。

例句：偉明賣的牛肉麵口味獨特，在當地可說是獨樹一格。

show time

農場創意秀

在學習了「仿寫」的技巧與方法之後，你是否想嘗試練習看看呢？現在就開始實際動手試試看吧！請你挑選一首喜歡的詩，先把詩抄寫下來，然後再進行童詩的「仿寫」工程，看看經過你的模仿與改造之後，是否能寫出有自己的風格並且比原詩更棒、更美的作品呢？

▲ 圖／林森國小　李柔葦

請將一首你喜愛的童詩，抄寫下來：

開始進行童詩「仿寫」：

主題（三）：修剪與整枝——縮寫

農場小導遊

縮寫，是一種追求簡練、精緻的寫作技巧。

小朋友學習縮寫，先把自己想像成一位園丁，園丁最重的任務就是要會修剪園子裡的花花草草，如果任由花草樹木叢生，園子必定雜亂不堪，非常難看。因此，你必須學會為園子裡的植物修剪與整枝。簡單來說，在寫作上，透過刪減的手法剪去多餘的繁枝，只留下精采動人的地方，使文章、詩篇更加濃縮、精鍊，這種去蕪存菁的手法正是所謂的「縮寫」。

至於縮寫在童詩寫作方面的運用，平時可以選一篇小故事或是短文供小朋友欣賞，在閱讀之後，請小朋友試著把文章縮寫成一首童詩。至於詩的句數可限制，也可以不必限制。經由縮寫，它可以幫助你在面臨題材龐大或是選擇眾多的時候，發揮「化繁為簡」的功力，把不精采、不重要的去除，讓美麗與感動的顯露出來。不管是對讀書或寫作來說，這項功夫都扮演著重要的角色，值得你好好練習。

現在，簡單分類並舉例說明如下：

一、根據寓言或故事縮寫成詩。

龜兔賽跑

宣信國小・洪梓軒

兔子和烏龜比賽跑
大家都認為這是火車比腳踏車
碰！

兔子衝了出去
烏龜還在熱身
兔子以為自己一定贏
在路上呼呼大睡
烏龜不認為自己一定輸
往終點慢慢前進
最後
烏龜笑了
兔子哭了

▶圖／林森國小　楊上儀

解說：

洪梓軒小朋友根據大家熟悉的故事—龜兔賽跑，進行縮寫，把一篇故事縮寫成一首童詩。詩中把兔子和烏龜比喻成火車和腳踏車，形成「快」與「慢」的對比；以為自己一定贏而在路邊倒頭大睡的兔子和不放棄希望奮力前進的烏龜，兩者又形成「驕傲」與「謙卑」的對比；最後提到烏龜笑了，小白兔哭了，這是「贏」和「輸」、「喜」和「悲」的對比。

瞧！作者不但將童話故事縮寫成一首詩，還善加運用了修辭技巧，這樣的作品是不是展現出親切可愛的風貌且討人喜愛呢？

二、根據一般文章縮寫成詩，可只挑其中有感觸的一小段進行縮寫。

匆匆

朱自清

燕子去了，有再來的時候；楊柳枯了，有再青的時候時候；桃花謝了，有再開的時候。但是聰明的，你告訴我，我們的日子為什麼一去不復返呢？是有人偷了他們罷；那是誰？又藏在何處呢？是他們自己逃走了罷；現在又到了那裡呢？我不知道他們給了我多少日子；但我的手確乎是漸漸空虛了。在默默裡算著，八千多日子已經從我手中溜去；像針尖上一滴水滴在大海裡，我的日子滴在時間的流裡，沒有聲音，也沒有影子。我不禁汗涔涔而淚潸潸了。

縮寫後

燕去燕來
花謝花開
日子從我的手中溜去
滴在時間的流裡
無聲無影
弄濕了我的臉

篤行國小・黃昱仁

◀圖／篤行國小 林怡萱

解說：

原本上百字的文章，經由小朋友縮寫而成簡單幾句，文字變少了，可是內涵卻是不減的。日子居然會「溜」，還會「弄濕」別人的臉，這不是「擬人法」嗎？沒想到只是保留原文的一些句子，同時也把「擬人法」也保留了下來。更特別的是，詩的最後一句「弄濕了我的臉」，概括了原文「汗涔涔而淚潸潸」的意思，意指臉上冒出汗水和淚水。從這邊可以看出，黃昱仁小朋友在文字上面動了腦筋，加入了自己的想法，表現出色。

農場裡的Q&A

Q：什麼是「縮寫」技巧？「縮寫」技巧最重要的重點在哪？

A：簡單地說，透過刪減的手法去除多餘的文字，只留下精采動人的地方，使文章、詩篇更加濃縮、精煉，這種去蕪存菁的手法正是所謂的「縮寫」。這種技巧的重點在於，必須先要能掌握住原文的要點，否則一旦文章的重點掌握不良，把最精華的部份給刪除掉了，那可就慘了！因此，必須格外慎重。

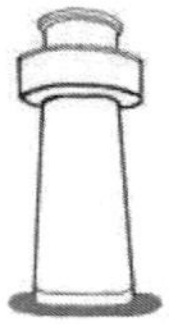

農場瞭望台

平時我們可以試著摘錄散文或報導的一段文字，讓孩子練習縮寫成童詩。小朋友可以從中練習如何化繁為簡，將繁雜的文句、題材改造成精鍊的語言——詩，簡單說明過程如下。

一、先將原文較有代表性的句子畫起來。

二、再把畫起來的句子，進行順序上的排列組合。

三、句子的順序安排好之後，再進行文字改造，去除多餘不必要的字，加入適當的語詞及修辭，就大功告成囉！

縮寫，追求的是「字去而意留」，目的是化繁為簡、去蕪存菁，使文字更加精簡，讀者更能迅速掌握重點。小朋友，欣賞過別人縮寫後的作品，有沒有覺得很奇妙呢？你是不是也能做得到呢？

農場小辭典

化繁為簡：將繁多、複雜的轉化為精巧、簡單的。

例句：彥儒將自然實驗化繁為簡，節省了許多寶貴的時間，獲得老師的讚美。

去蕪存菁：去除雜亂多餘的，保留菁華的部分。

例句：這首童詩經過去蕪存菁之後，顯得格外生動活潑。

show time

農場創意秀

摘錄散文或報導的一段文字讓孩子嘗試縮寫成童詩，也是平常老師或家長設計功課或練習的一種方式。小朋友可以從中練習如何化繁為簡，將繁雜的文句、題材改造成精鍊的語言——詩，簡單說明過程如下。

一、先將原文較有代表性的句子畫起來。

二、再把畫起來的句子，進行順序上的排列組合。

三、句子的順序安排好之後，再進行文字改造，去除多餘不必要的字，加入適當的語詞及修辭，就大功告成囉！

縮寫，追求的是「字去而意留」，目的是化繁為簡、去蕪存菁，使文字更加精簡，讀者更能迅速掌握重點。小朋友，前面我們欣賞過別人將文章縮寫成詩，有沒有覺得很奇妙呢？你是不是也能做得到呢？

show time

農場創意秀

「縮寫」的技巧和方法若能善加運用，寫詩的時候就能擁有更好的靈感來源，難度也會跟著降低。現在請試試看，從散文、小說、報紙或雜誌裡，選定一個你所欣賞的範圍，可能是一段或是數段的文字，把這段文字抄寫下來，然後再施展「縮寫」成詩的魔法，看看經過你的縮寫之後，能否擦出特別的火花呢？

請將一首你喜愛的童詩，抄寫下來：

開始進行童詩「縮寫」：

主題（四）：吹夢想的氣球——擴寫

農場小導遊

擴寫，是一種增加細節、添加新材料的寫作技法。可以訓練小朋友寫作由少而多、由小而大、由簡而繁的能力，藉由擴寫練習，我們可以試著將週遭的人、事、地、物進行更加詳細的描述，進而呈現出美麗細緻的情理、豐富多元的內容。

但是，詩是一種精鍊的語言，應該盡可能精緻化、簡單化，如果又把別人的詩給擴張、拉長，似乎並不恰當。因此，我們應該嘗試用用別的方式。平時，我們應該都有一些生活的經驗、情境，可能在口語表達上只是短短幾句話、幾個字，但如果將這些簡單的情境，用詩句的方式來加以擴寫，似乎是種不錯的挑戰或訓練。

讓我們來瞧瞧以下的例子。

情境：床上躺著，左翻右覆，睡不著。

擴寫成詩後：

篤行國小・林品駒

一個老大
聽見
時鐘　滴滴答答
蚊子　嗡嗡嗡嗡
汽車　窗外呼嘯

鄰居　隔牆叫罵
於是
就在夜裡不斷翻覆

這首國小三年級學生寫的詩，把人仰躺在床上肢體呈現一種類似「大字」形的狀態，比擬成一個「老大」。由於睡覺的過程中，聽見許多擾人清夢的聲音，睡眠受到干擾因而身體翻來覆去。原本的情境不過是短短十三個字，顯得較為單調。經過擴寫成詩之後，竟有了四十個字，同時也具有情節內容，成了一首有趣的小詩。小朋友，這種將情境擴寫成詩的經過，是不是很有挑戰性呢？

再來看看另外一個例子。

情境：在學校裡走走，抬頭一望，看著天空。

擴寫成詩後：

▼ 圖／林森國小　楊上儀

篤行國小・王怜雅

假日到學校走走
抬頭一看
天空也看著我
好像媽媽的臉
哎呀
我的臉怎麼濕濕的
是下雨了嗎

這首小詩，留給讀者的想像空間頗有意思，述說作者假日偶然在學校走走，當她抬頭望向天空，突然發現天空好像媽媽的臉；「我的臉怎麼濕濕的」，較耐人尋味，究竟是因為想到媽媽生氣時可怕的模樣，而難過地哭了呢？或是想到媽媽慈祥、溫柔的臉，而感動地哭了呢？還是因為天空剛好下雨，使得臉忽然被「淋濕」了呢？

小朋友，這其中是不是有很多想像空間呢？透過情境擴寫成詩的練習，可以激發你的敏覺與變通能力，有益而無害，絕對有助於使你在童詩創作的路上更加精進。

農場裡的Q&A

Q：當練習使用「擴寫」技巧來寫童詩？是否應該多多引用他人現成的作品來加以「擴寫」呢？

A：詩是一種精鍊的語言，應該盡可能精緻化、簡單化，如果又把別人的詩給擴張、拉長，似乎並不恰當。因此，我們應該嘗試用用別的方式，像是剛才介紹的「情境擴寫」，先將生活中面臨的一些狀況，用三、四句簡單的話語來表述，再將這樣簡短幾個字描述的情境，擴而充之，給予它一些枝葉、血肉，它將成為一首更加鮮活的詩作喔！

農場瞭望台

小朋友，如果情境擴寫對你來說還是有點抽象、困難，那麼我們還可以透過簡單的「創意造句」來著手練習；藉由創意造句，我們一樣能把簡單的語詞或概念擴而大之，達到「擴寫」的效果。

一般的造句，要講究正確、通順，但所謂的「創意」造句，還必須講求新奇、趣味或特殊性，也就是不但要講清楚、說明白，還要講得好、說得妙，才是「創意」更具體的表現。以下請看看「創意造句」的舉例說明。

一、將不同的「形容詞」，用「創意造句」的方式加以擴寫。

例子：「陌生」、「熟悉」

造句：隔壁的鄰居和我互不來往，長年下來，彼此之間早已成為「熟悉」的「陌生」人了。

二、將不同的「名詞」，用「創意造句」的方式加以擴寫。

例子：「竹竿」、「水管」

例句：如果說小英的腿像「竹竿」，那麼小鳳的腿就像「水管」。

三、將不同的「動詞」，用「創意造句」的方式加以擴寫。

例子：「拍賣」、「打包」

例句：如果說人的良心可以「拍賣」，那麼品德也可以一起「打包」。

以上為創意造句的基本題型。此外，當然還可以循序漸進，做些題型上的變化，例如三個語詞相同詞性或不同詞性等。一旦題型變化，對你的考驗與挑戰性也會跟著提升，「擴寫」的功力也會更加厲害喔！

農場小辭典

精鍊：簡潔精要的意思。

例句：童詩是精鍊的語言，寫作時千萬不可拖泥帶水。

拖泥帶水：指做事不夠乾脆俐落，或說話、寫文章不夠簡潔。

例句：老王那種拖泥帶水的做事方式，是應該好好檢討、改進。

耐人尋味：形容事情的意味值得人們反覆尋思、體會。

例句：老師說的故事相當耐人尋味，常常讓我陶醉在其中。

有益無害：只有好處，沒有壞處。

例句：多讀好書，對青年學子絕對是有益無害。

show time

農場創意秀

有了「擴寫」的概念後，請試試看，根據以下句子的情境或內涵，發揮你的想像與創意，創作一首童詩，題目自訂。

「挫折」是生命的鹽，讓人生這盤佳餚炒得更有滋味。

（摘自張春榮《台灣新生報．副刊》，一九九二、一、二六）

參考書目

兒童詩寫作研究　陳正治　台北：五南　一九九五
兒童文學　林文寶、徐守濤、陳正治、蔡尚志　台北：五南　一九九六
修辭萬花筒　張春榮　台北：駱駝　一九九六
修辭新思維　張春榮　台北：萬卷樓　二〇〇一
作文新饗宴　張春榮　台北：萬卷樓　二〇〇二
創思教學與童詩　張春榮　台北：螢火蟲　二〇〇三
創意造句的火花　張春榮　台北：螢火蟲　二〇〇三
用新觀念學童詩（一）、（二）　洪志明　台北：螢火蟲　二〇〇三

附錄：回味與欣賞

▼圖／林森國小　張凱越

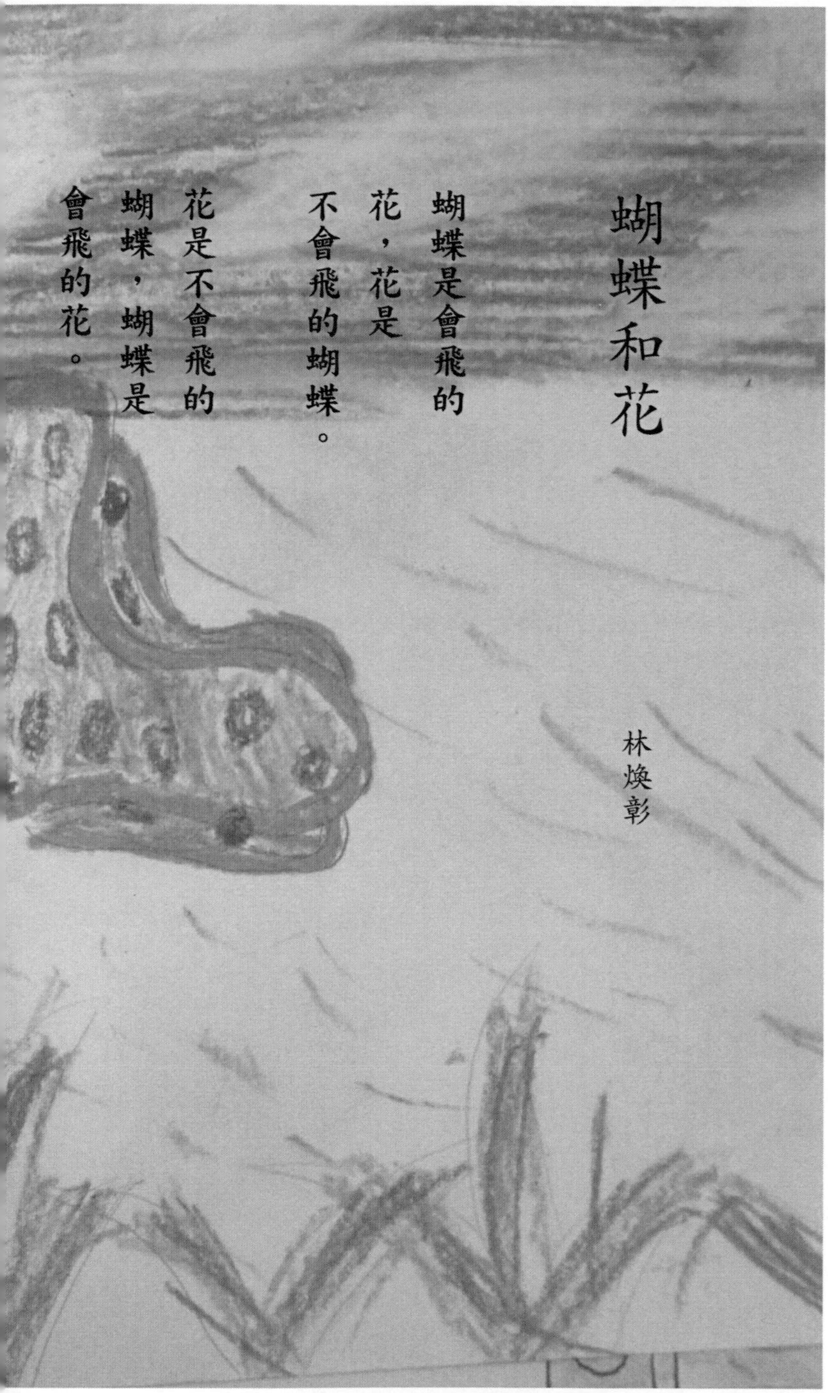

蝴蝶和花

林煥彰

蝴蝶是會飛的
花，花是
不會飛的蝴蝶。
花是不會飛的
蝴蝶，蝴蝶是
會飛的花。

▶圖／林森國小　許芸涓

▶圖／林森國小 楊上儀

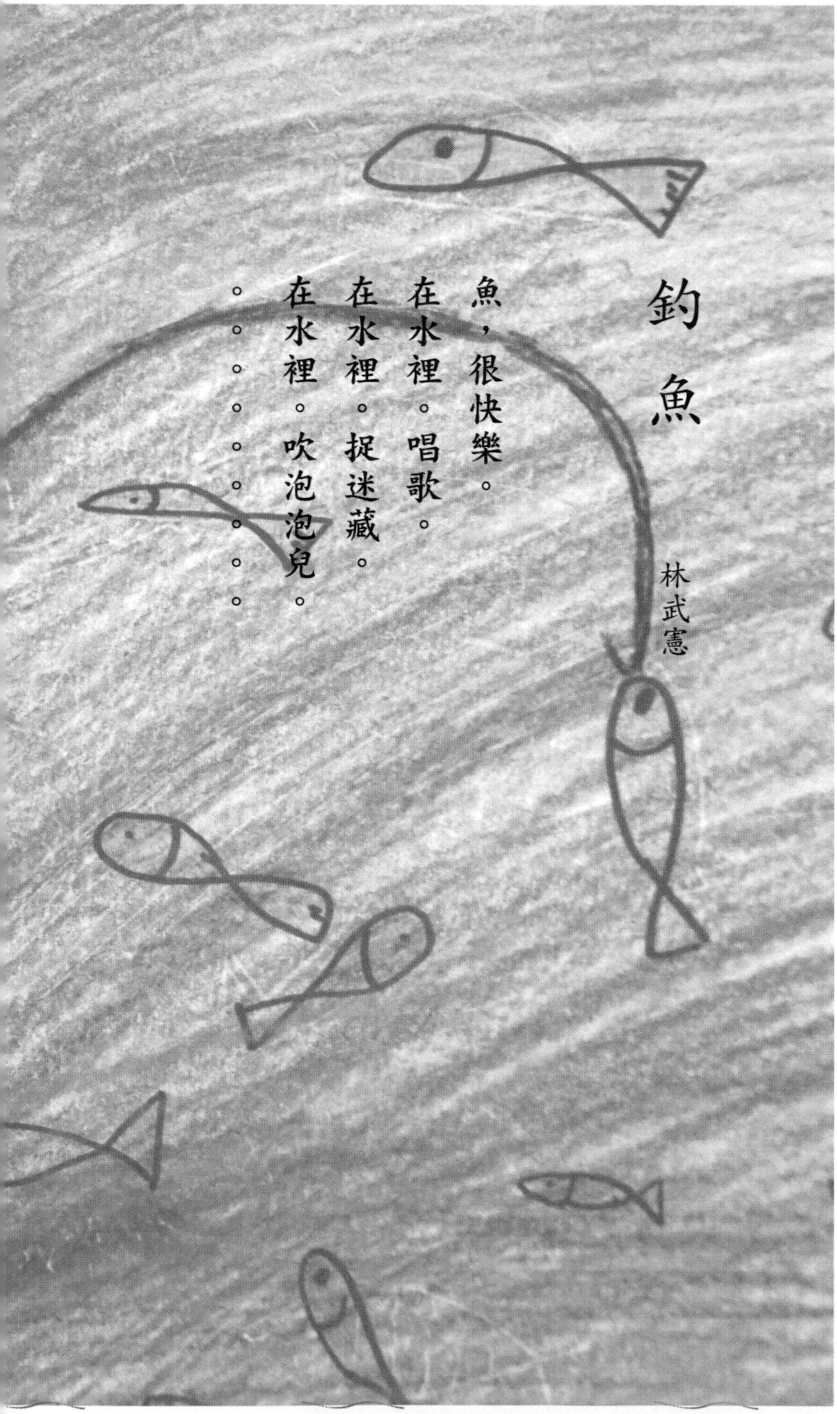

釣魚

林武憲

魚，很快樂。
在水裡。唱歌。
在水裡。捉迷藏。
在水裡。吹泡泡兒。
。。。。。。。。。

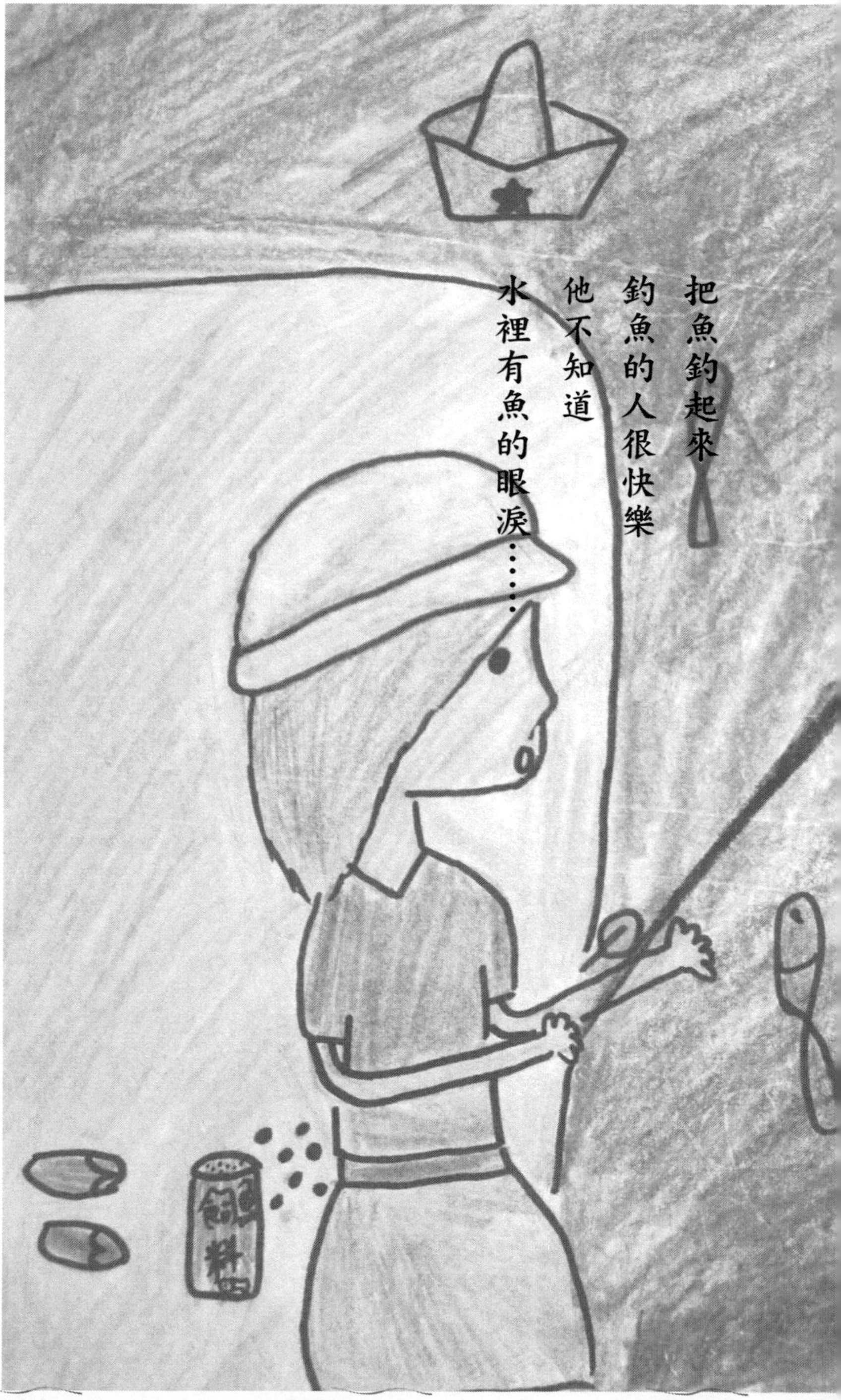

把魚釣起來
釣魚的人很快樂
他不知道
水裡有魚的眼淚……

▶圖／林森國小 陰姿璇

山

黃基博

山啊
雄偉高大
像一個大男人
狂風吹你不動搖
滂沱大雨淋你不感冒

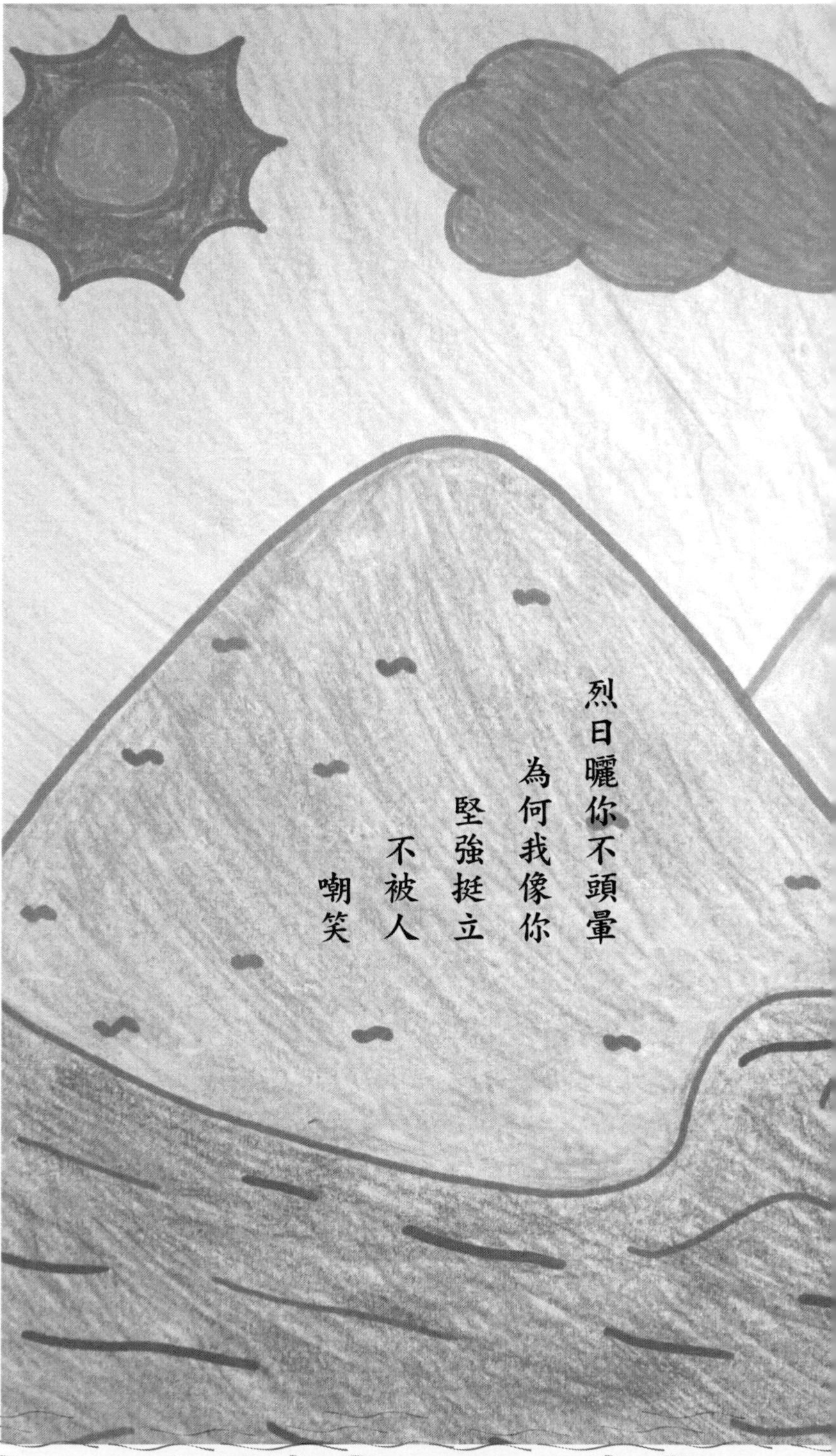
烈日曬你不頭暈
為何我像你
堅強挺立
不被人
嘲笑

▶圖／林森國小　許嘉琪

地球穿衣

林森國小・陳培輝

地球溫度年年升高
就像穿上了層層外衣
汽車快速行駛
排出裊裊黑煙
機車往來穿梭
放出團團廢氣

四季氣候怪異變化
地球穿上雨衣
再從雨衣換成薄外套
又從薄外套換成毛大衣
難道
他不熱嗎？

▶圖／林森國小　林怡茹

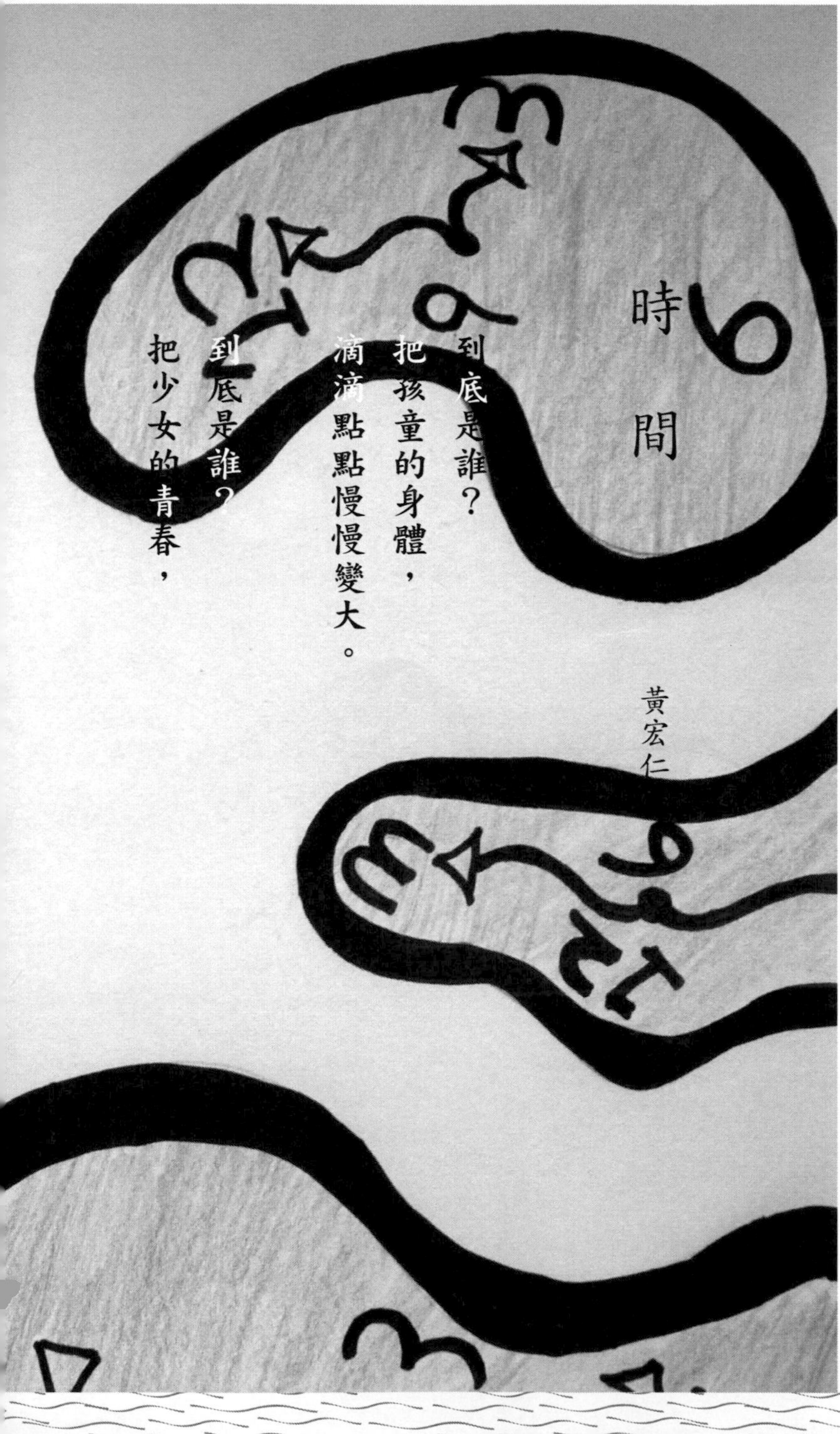

時間

黃宏仁

到底是誰？
把孩童的身體，
滴滴點點慢慢變大。
到底是誰？
把少女的青春，

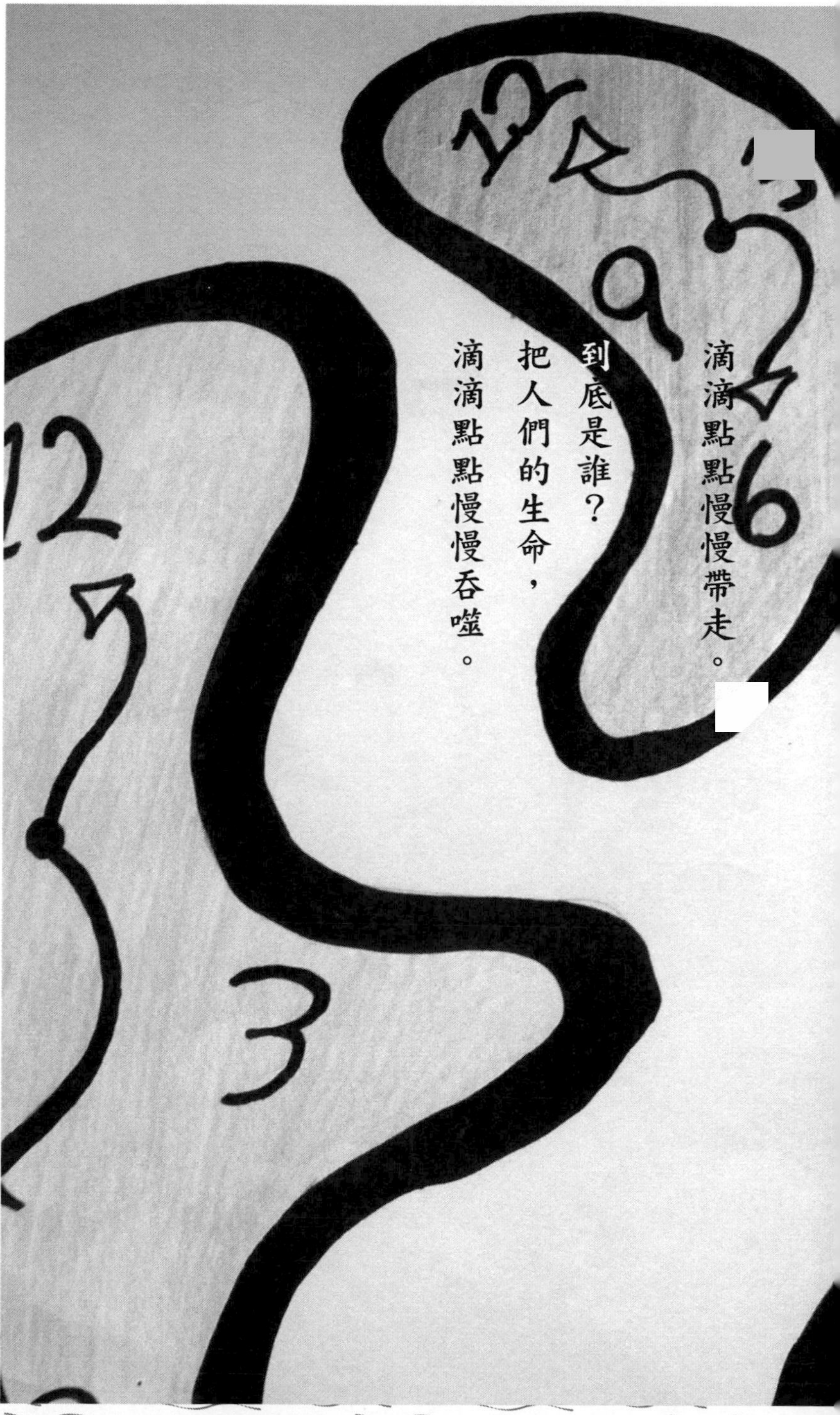
滴滴點點慢慢帶走。
到底是誰？
把人們的生命，
滴滴點點慢慢吞噬。

▶圖／林森國小　林怡茹

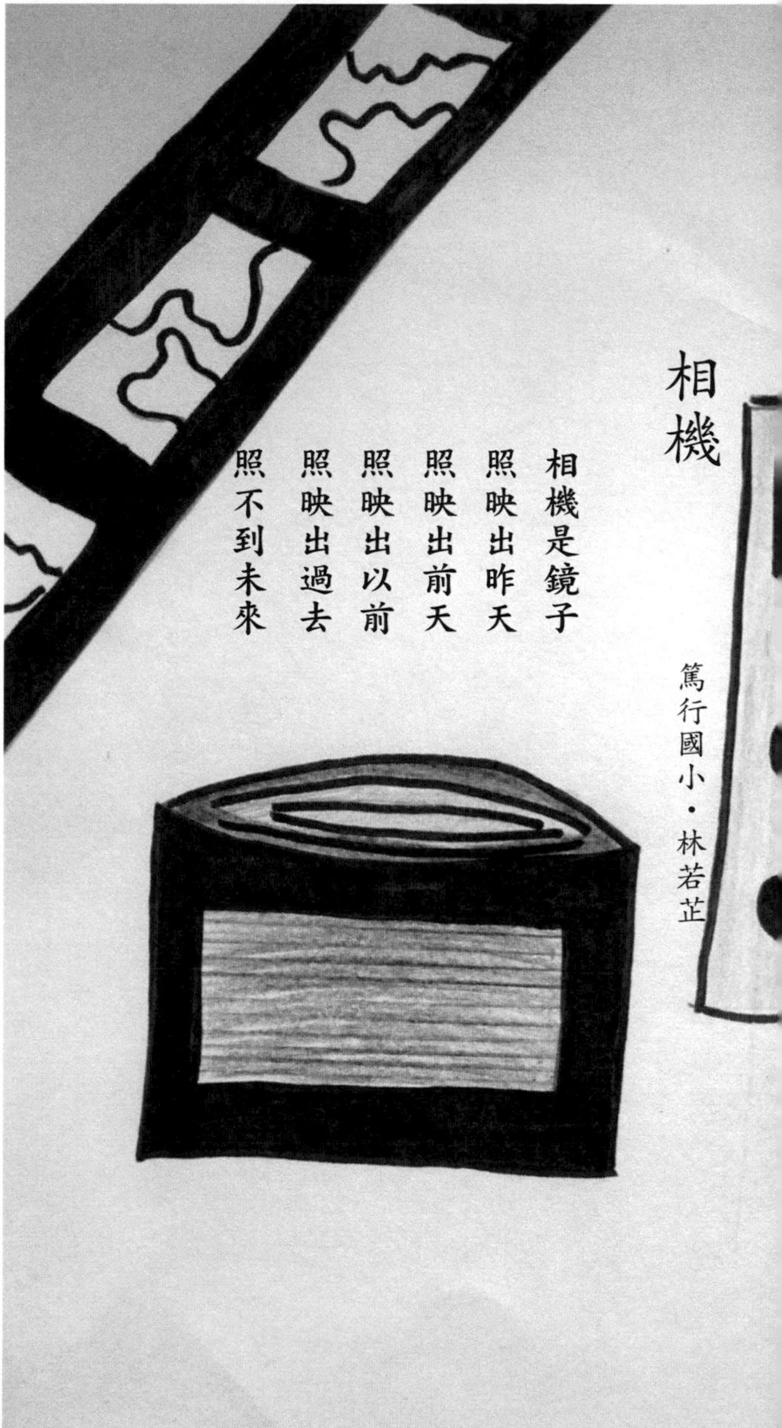

相機

篤行國小・林若芷

相機是鏡子
照映出昨天
照映出前天
照映出以前
照映出過去
照不到未來

▶圖／林森國小　林怡茹

月姊姊和星妹妹

篤行國小・林宗生

愛夜遊的月姊姊來了，
和星妹妹們嬉鬧，
只要有好天氣，
她們就玩整夜不睡覺。

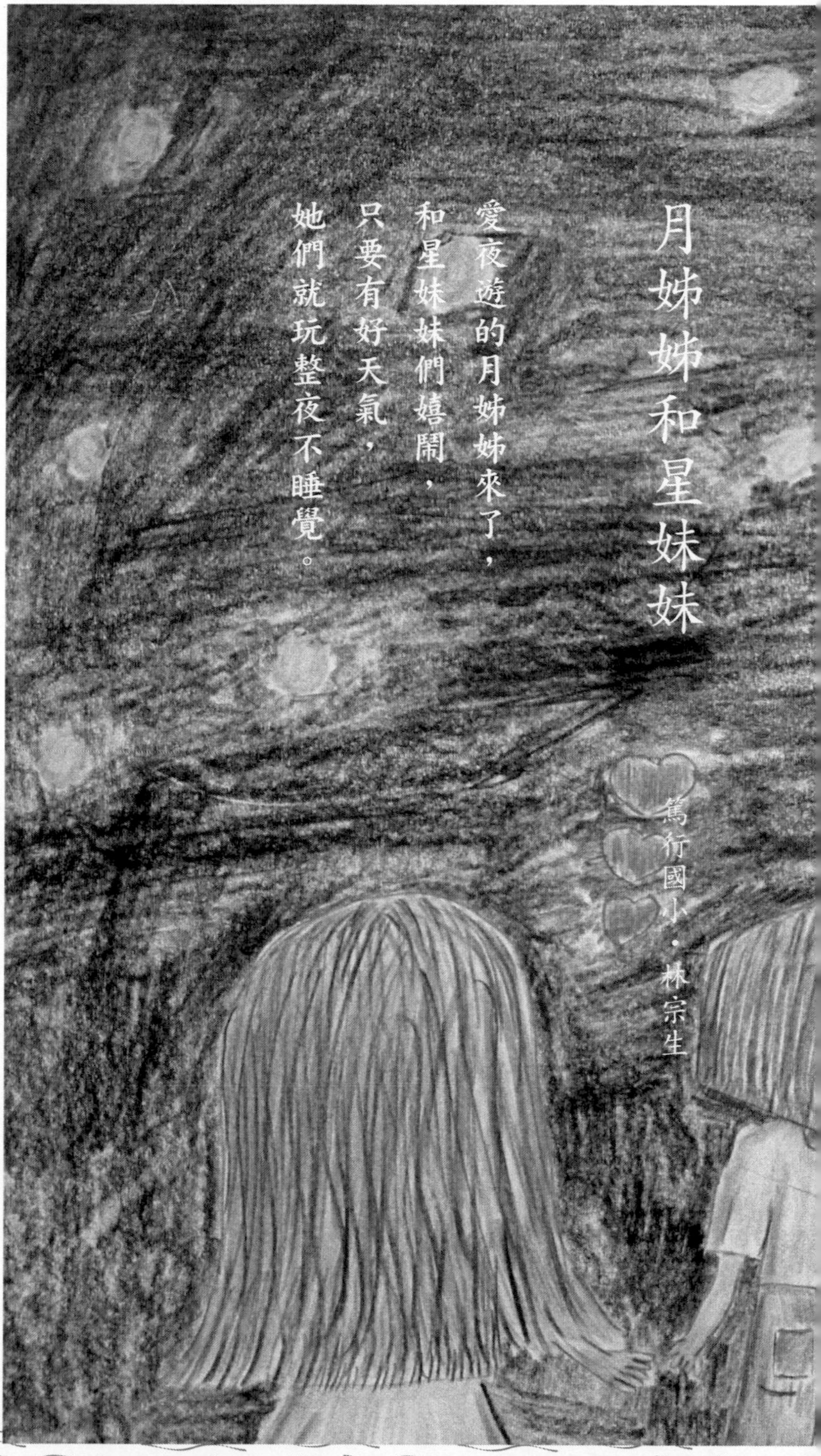

▶圖／林森國小 林怡茹

酸梅

黃宏文

每次考試考不好時，
同學的話，
變成一顆顆的酸梅，
酸溜溜的。
父母的話，
也變成一
酸溜溜的。
你們可知道？

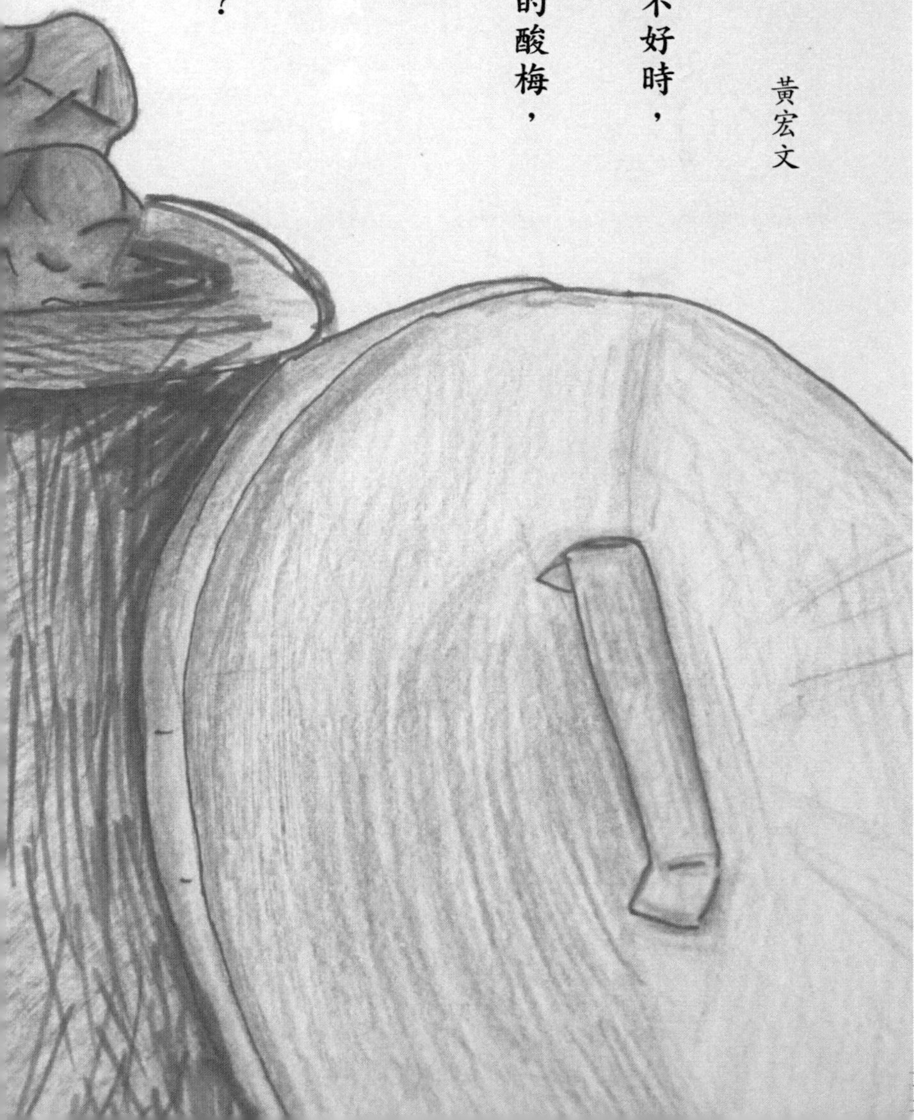

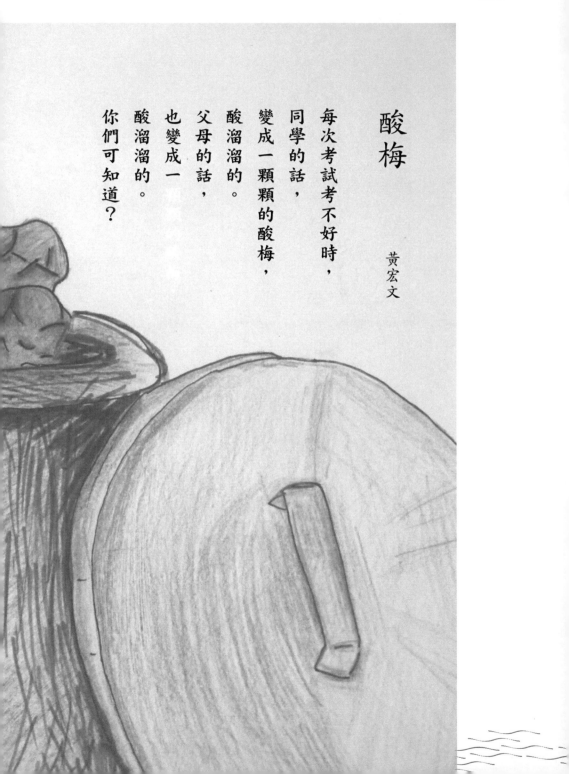

▶圖／林森國小 王麻衣

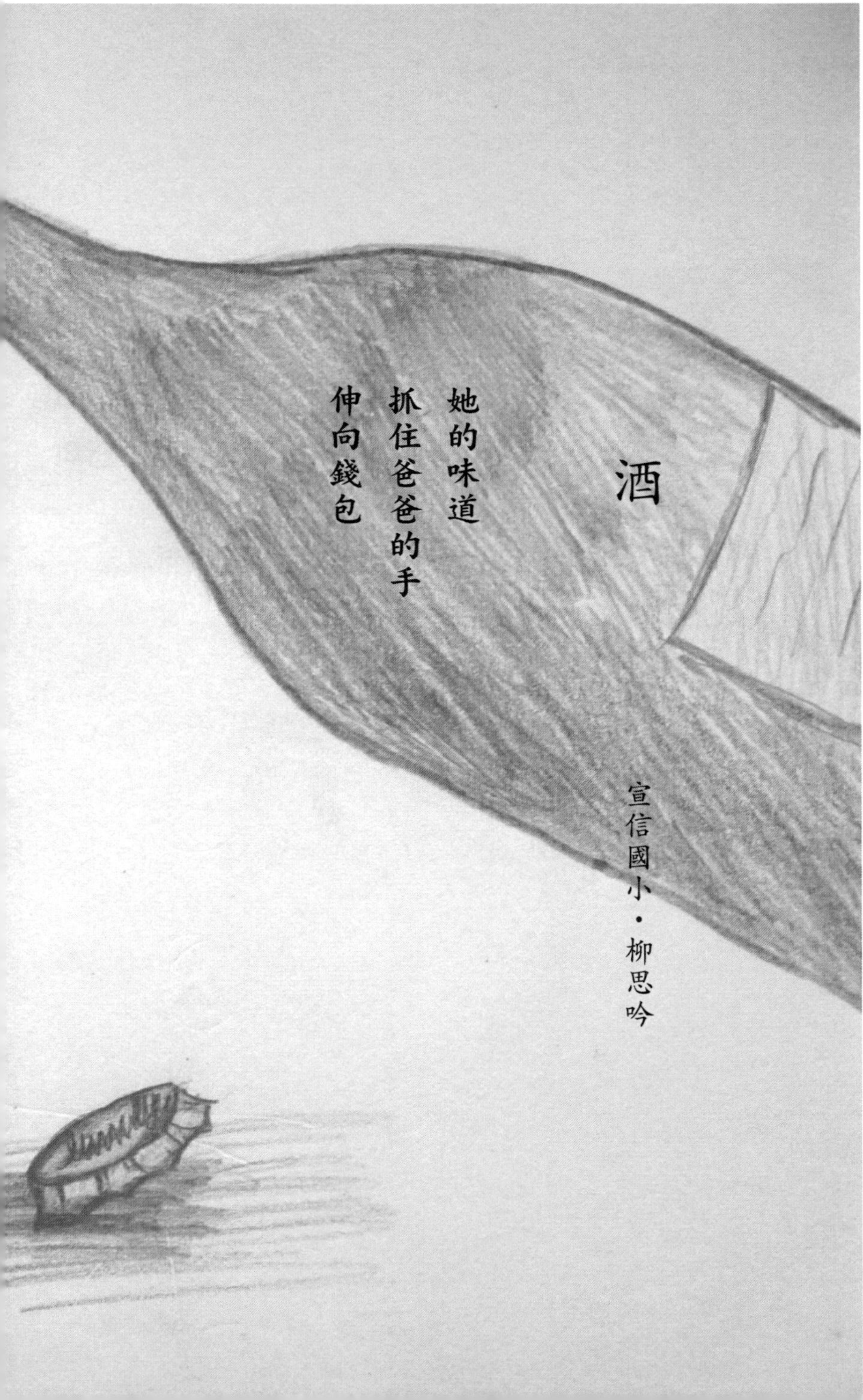

酒

宣信國小・柳思吟

她的味道
抓住爸爸的手
伸向錢包

▶圖／林森國小　王㴓衣

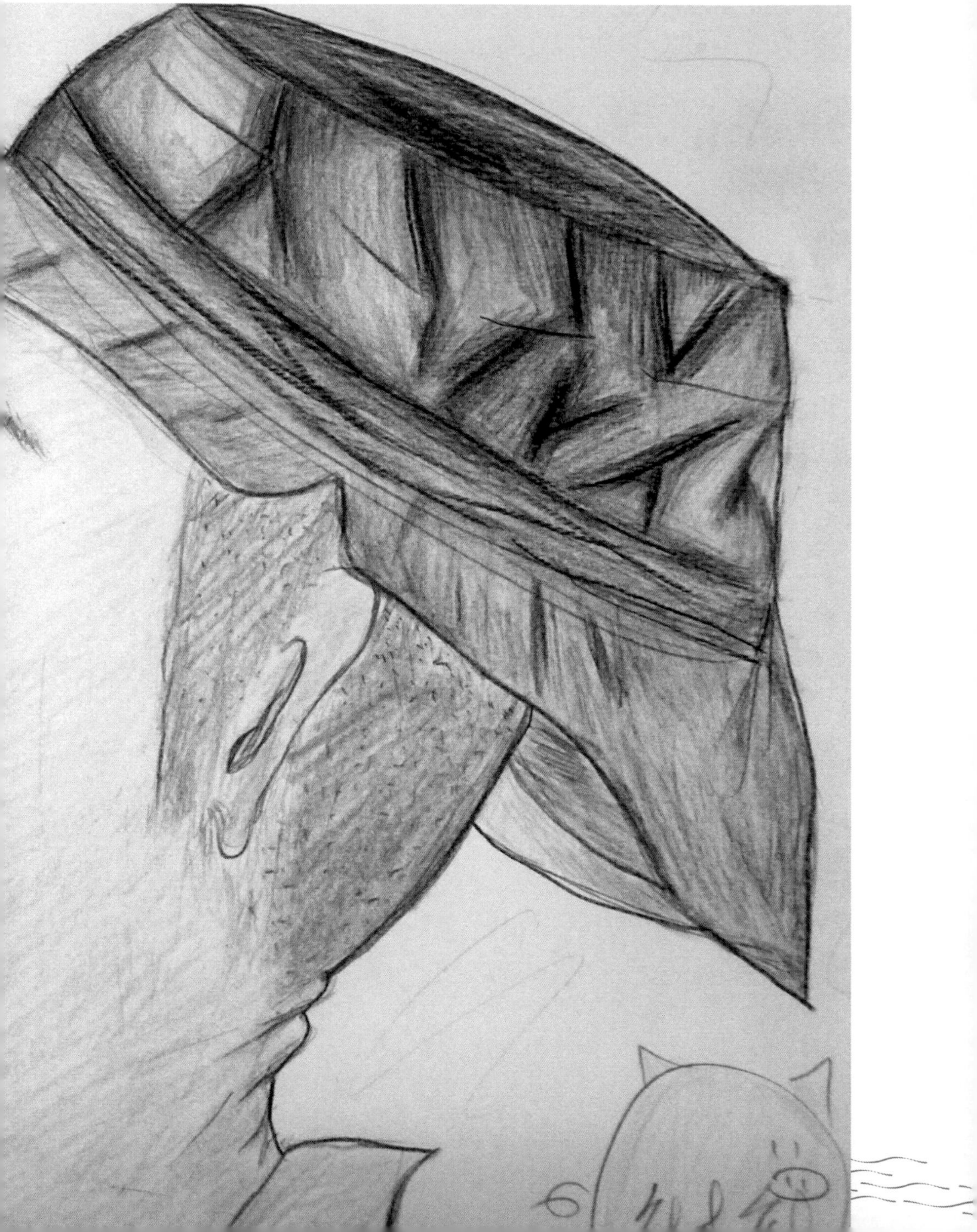

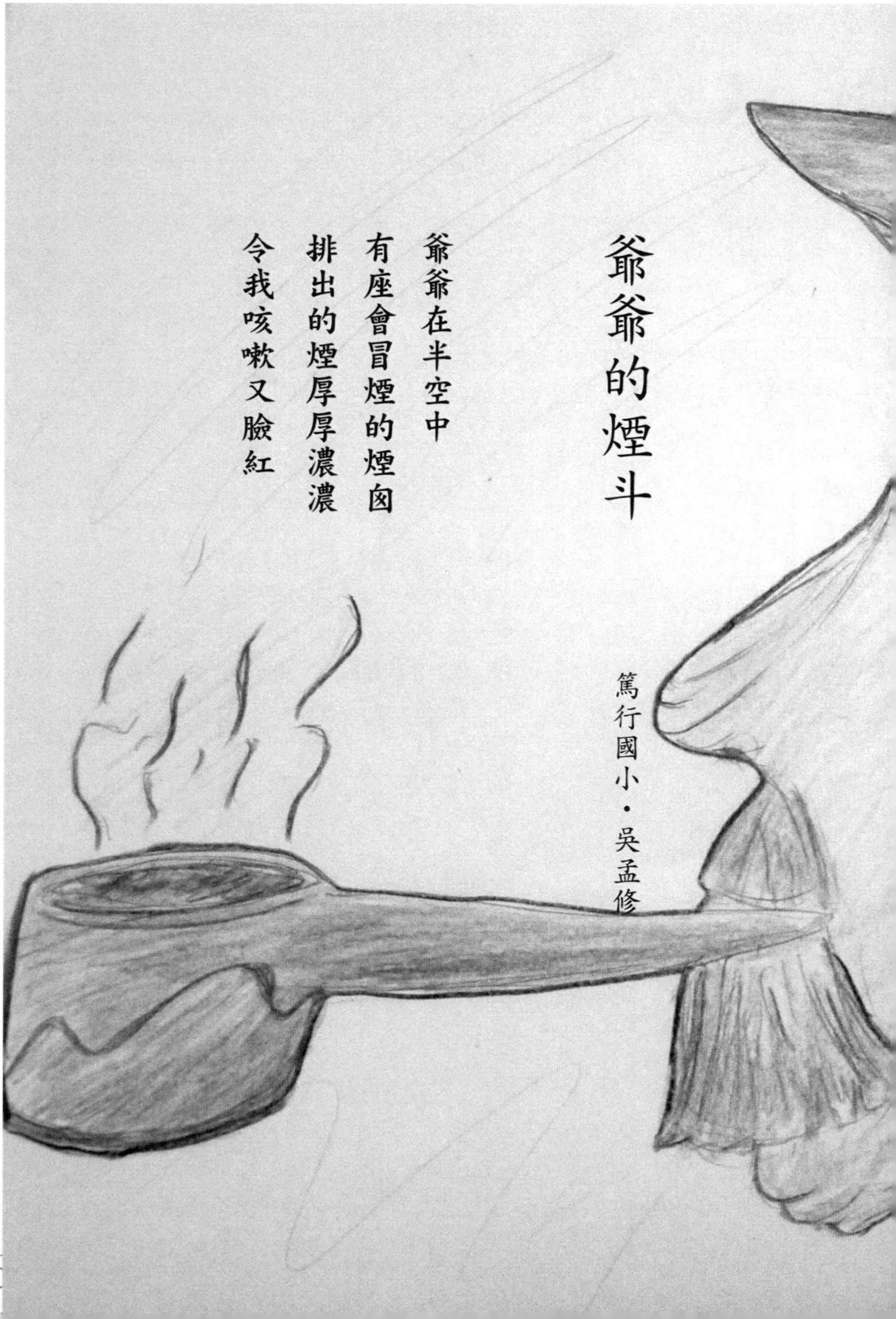

爺爺的煙斗

篤行國小・吳孟修

爺爺在半空中
有座會冒煙的煙囪
排出的煙厚厚濃濃
令我咳嗽又臉紅

▶圖／林森國小　王麻衣

林森國小　翁溢辰

拿著魚的貓，是厲害的貓，
因為牠有高超的捕魚技巧。
戀愛中的貓，是喜悅的貓，
因為牠拿到情人送的花朵。
受重傷的貓，是毀容的貓，
因為牠的臉已面目全非。
被排擠的貓，是可憐的貓，
因為牠總是左閃右躲。

林森國小　許嘉琪

臉色蒼白的灰貓，
看起來十分疲倦。

▶圖／林煥彰

表情豐富的藍貓，
看起來搞怪逗趣。
滿臉皺紋的橘貓，
看起來老了十歲。
精神分裂的綠貓，
看起來病得不輕。

林森國小　陳培輝

綠臉的貓，是臉色鐵青的貓。
因為他只捕到一條魚。
灰臉的貓，是倒楣透頂的貓，
因為他摔到泥巴坑裡。
紅眼的貓，是悲傷過度的貓，
因為他拿著喪禮用的花。
花臉的貓，是幸福熱戀的貓，
因為他收到情人送的花。

寫於全書之後——一個才開始的夢想

親愛的讀者朋友，在你手中的這本《開心童詩農場》，不僅僅是一本有厚度的書而已，它更是平凡的宏文老師，多年以來，深藏在心中，一個許久難以完成的夢想。宏文老師曾在服兵役期間，那段汗水混雜著煙塵的日子裡，初步地構思這本書的雛形；也曾在十百個日子中的零星片刻，一字一句寫下本書內涵的點點滴滴。而宏文老師的哥哥——宏仁老師，在這段過程中，於教學、課程、作品方面用心的蒐羅整理與思考鑽研。今日，終於在咱兄弟倆人的齊心協力下，看見我們的足跡編輯成冊，幸運地成為浩瀚書海中的一分子；更幸運的是，這本書能夠來到你的手中。

這不是夢想的結束，而是一個才開始的夢想。

雖然，本書再簡單、平凡不過；但它熱情描繪出兩位國小教師，在童詩教學與關注上，謙卑的訴求及願景：願讀者開卷有益，願讀者愛詩寫詩，願讀者學識豐富，願讀者人生亮麗。

最後，誠摯的感謝你！祝福你！

▼圖／篤行國小　林其寬

兒童文學06 PG1067

開心童詩農場

——童詩創作演練

作者／黃宏文、黃宏仁
責任編輯／林千惠
圖文排版／彭君如
封面設計／陳佩蓉
出版策劃／秀威少年
製作發行／秀威資訊科技股份有限公司
114 台北市內湖區瑞光路76巷65號1樓
電話：+886-2-2796-3638
傳真：+886-2-2796-1377
服務信箱：service@showwe.com.tw
http://www.showwe.com.tw

郵政劃撥／19563868
戶名：秀威資訊科技股份有限公司
展售門市／國家書店【松江門市】
104 台北市中山區松江路209號1樓
電話：+886-2-2518-0207
傳真：+886-2-2518-0778

網路訂購／秀威網路書店：http://www.bodbooks.com.tw
國家網路書店：http://www.govbooks.com.tw
法律顧問／毛國樑 律師

總經銷／聯寶國際文化事業有限公司
221新北市汐止區康寧街169巷27號8樓
電話：+886-2-2695-4083
傳真：+886-2-2695-4087

出版日期／2014年4月 BOD一版 **定價**／310元
ISBN／978-986-89521-6-4

秀威少年
SHOWWE YOUNG

國家圖書館出版品預行編目

開心童詩農場：童詩創作演練 / 黃宏文, 黃宏仁著. -- 一版. --
臺北市：秀威少年, 2014. 04
面；　公分
ISBN 978-986-89521-6-4 (平裝)

1. 童詩 2. 寫作法

859.1　　102021015

讀者回函卡

感謝您購買本書，為提升服務品質，請填妥以下資料，將讀者回函卡直接寄回或傳真本公司，收到您的寶貴意見後，我們會收藏記錄及檢討，謝謝！如您需要了解本公司最新出版書目、購書優惠或企劃活動，歡迎您上網查詢或下載相關資料：http:// www.showwe.com.tw

您購買的書名：________________________________

出生日期：________年________月________日

學歷：□高中（含）以下　□大專　□研究所（含）以上

職業：□製造業　□金融業　□資訊業　□軍警　□傳播業　□自由業

□服務業　□公務員　□教職　□學生　□家管　□其它_____

購書地點：□網路書店　□實體書店　□書展　□郵購　□贈閱　□其他

您從何得知本書的消息？

□網路書店　□實體書店　□網路搜尋　□電子報　□書訊　□雜誌

□傳播媒體　□親友推薦　□網站推薦　□部落格　□其他__________

您對本書的評價：（請填代號　1.非常滿意　2.滿意　3.尚可　4.再改進）

封面設計____　版面編排____　內容____　文／譯筆____　價格____

讀完書後您覺得：

□很有收穫　□有收穫　□收穫不多　□沒收穫

對我們的建議：________________________________

____

____

____

請貼
郵票

11466
台北市內湖區瑞光路 76 巷 65 號 1 樓
秀威資訊科技股份有限公司 收
BOD 數位出版事業部

（請沿線對折寄回，謝謝！）

姓　名：________________　年齡：________　性別：□女　□男

郵遞區號：□□□□□

地　址：________________________________

聯絡電話：(日) ________________ (夜) ________________

E-mail：________________________________